JN235406

川平ひとし
大伏　春美　編

影印本

鴫の羽掻（しぎのはねかき）

新典社刊行

鴫の羽搔（しぎのはねかき）

影印本

大伏春美
川平ひとし　編

新典社刊

目次

解題

凡　例

一、本書は国立公文書館内閣文庫蔵『鴫(しぎ)の羽搔(はねかき)』（二〇一・九四・一―三　三冊　元禄四年（一六九一）刊）の影印である（縮小率約八〇％）。

二、各頁の下中央に本書の頁数、匡郭の右辺もしくは左辺に原本三冊本の上中下の別と、丁数ならびに表裏の別（オ・ウによる）を示した。丁数は原本の柱刻に施されたままのものである。

三、右掲の「目次」には、原本上巻冒頭の目録のまま、細分しうる箇所は区別して書名を掲げた。

四、所収和歌の通し番号を各歌頭（匡郭の上辺）に打ち、同番号により巻末に和歌初句索引・作者索引を付した。

五、解題には原著の内容・書誌・資料性などについて、編者双方調整しながら分担執筆した。一・四の節は川平、二・三の節は大伏が執筆した（注記は各分担毎の末尾に一括した）。索引は大伏の作成になる。

六、影印本刊行の御許可を賜った国立公文書館に対し、厚くお礼申し上げる。

上

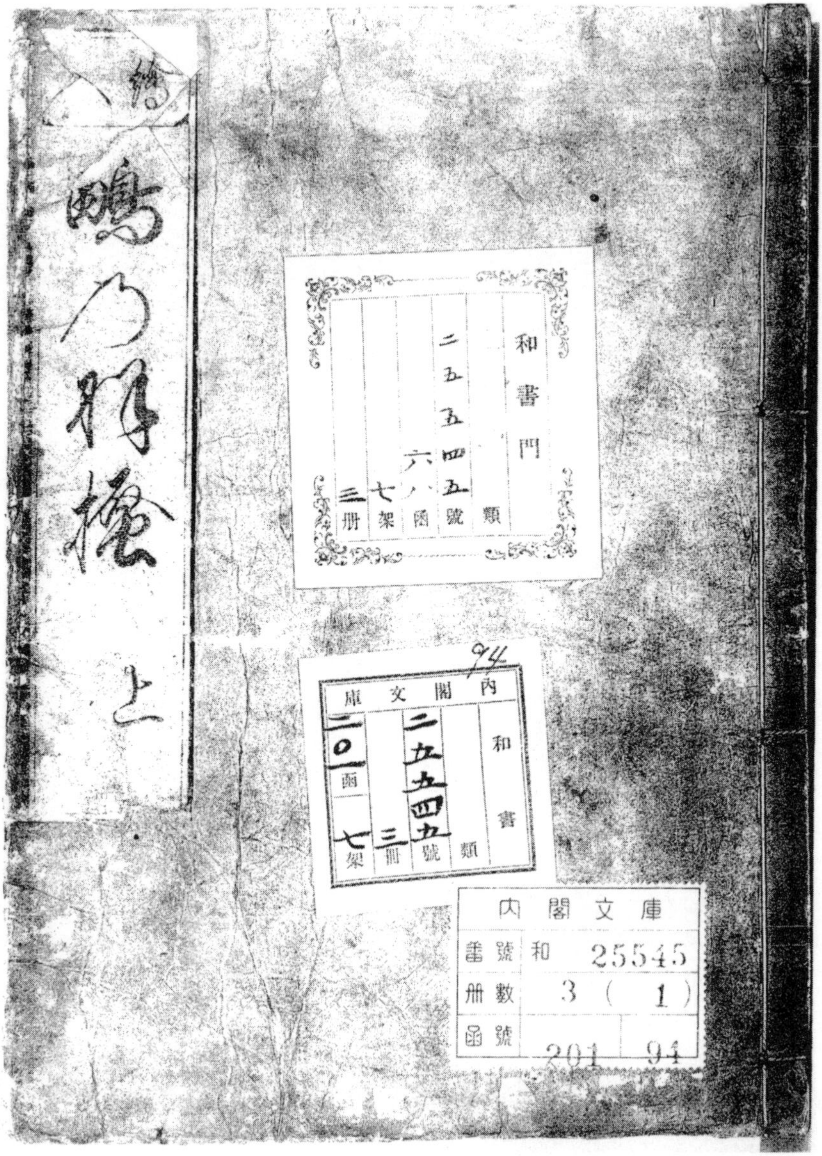
上
和書門
二五五四五 號
類
六ノ 函
七 架
三 冊
内閣文庫
和書
類
二五五四九 號
三 冊
二〇一 函
七 架
94
内閣文庫
番號 和 25545
冊數 3 (1)
函號 201 94

表紙

上

上

鶉羽檐目録

淺草文庫

一丁オ

又方和歌　後京極

六歌仙

新六歌仙　無形云人

六根和歌　慈恵大師

七猿和歌

七夕七首和歌

八代集秀逸　定家撰

八景和歌　定家作

同　後小松院御製

同　明魏作

同　雅世卿
同　雅親卿
同　実隆卿
南京八景和歌
近江八景和歌
瀟湘八景和歌
源氏八景
九品和歌　公任撰
十躰和歌
十界和歌　後京極卿

上

二丁オ

十如是和歌

十二月花鳥和歌　定家卿

十二月和歌　畠山匠作亭

廿一代集巻頭巻軸和歌

廿八品和歌

俊成卿九十賀和歌

上

4　3　2　1

鴨羽搔上

○三神和歌

春夏　姫とく大明神

秋冬　かそくめひる神

無猿　あん大明神

左馬以藤原頼長親定

1 春 鷹之万出乃花かりに帰る夜はしくも出けり春乃衣

2 夏 夏乃よの氏象務涼し　まよ秋の風さむる枕りに月のさかされ

3 秋 忘れ鳥ミ秋なりにけりまた色の宵闇乃月に猪風をそふく

4 冬 けふはて時雨のかみふかき風の月舞ふやせるゝ夜雉乃鈴かけ

三丁オ

5 恋　いつはせんなかりと須磨の浦風よ蜑のむすほれつゝ

6 旅　旅衣きつゝなれにし月やわかぬ春や旅ねとはかともむすよそら

藤原良経公　後京極

7 春　春霞わかすよらてを立よせり浪路の音けは雲のよら

8 冬　松よて残れるの浦の夕風ともしほりん奥津嶋風

9 秋　萩原や宮城野に秋風吹けはわかぬ袖ちる露のさむしろ

10 雑　山里は春来ぬのをきのふ憂かりせ死ぬるかれ春来もせぬ

11 恋　忘れぬ中くまし結とてはいかにしかは住の江のもとふ

12 旅　夢さよ世に逢秋まし思ふ旅人袖の月よ霞さらめ

前大僧正慈円

上

13 春 吉野川花の春して詠めり霞乃うちに残もとゝなよ

14 夏 浅きもゝ傳ふのことぶき紀の文ま蒼称なよ見さま人時分るに

15 秋 秋かうきはゆうらゐ島のおぼろよりさて月紙送る浦らせ

16 冬 雪ある君よ疑乃雲風ひきされし寒めうりする嘉以会

17 恋 人生秋ぬ逢ならにぬ道衣と添よ契やとぬすそふる

18 恨 秋の冬なるうしめしおみて難衣夢しく寐よ秋風うふく

右近衛権中将藤原朝臣長定

19 春 花さかり霞の衣ほころひて峯白妙乃あまのはかくや渡

20 夏 涼風乃音する松根もりて木暮るゝくもる時為なれ

21 秋 露まよふ小田乃かり穂の庵よ月をもやすし移りての宿

四丁オ

冬 濱千鳥書とふ月の氣色し芦のかれはの雪みえしらす哉

恋 君のひれ代末の名代月もうつろひね心代林のうちを根ろく

雑 神代あけさそれ様ねの夢もみしさそうつらかの浦風

夜家物名發

春 櫻花ちるかひすむ父才の雲井よ所の甚のや浦の春

夏 鳥羽玉の夜ハ明ねとし是ゝの山ほとゝきす一聲乃空

秋 虫の音も深霧けき夕暮よとふすのとそハ萩の上風

冬 頭ゆつゝいく度神无月もるらん志られよ音くの雪ふる所の月

恋 見をとをわくね夜ゝをハうら代夕暮をまとわりの月よ何疑の人

雑 様ねをる最後ハ中の世ら何の山関とハいかるをかる人もなし

上

四丁ウ

上

沙弥寂蓮

うつゝきやせうの海の撫子にかをり立田のおくまかて清きて雪
夜の嵐せ声まりの雪に錦とふものをゝさゝる春雪の一声
あちこちく松をつらふや秋の風月ハきえくれの霞もかへつてく
山人の笛の音も あの花うるゝなきひ音とねと寝ハありてく
うつゝなるゝいくてやとゆかふおもをつし深うくねかてえてそ花
武蔵野の露と哉ぬよかるひね家のあけしに情風そふく

鴨長明

雪ましのふゝ清き風の月まりゝ湖の山の花さかり
行まれし秋も月ハ秋時鳥はくかきねよう見山桜とかな

五丁オ

上

秋 雲のまれのつゆのかもとおほえてならしおもひ秋の空

冬 さひしさは秋のこりもちるもみちのは葉のよえ今朝代初雪

恋 思のかたとよそにもつれなき人の物おもひよ袖の枝露ぬるよ

旅 旅衣きつゝなれにしつまもあれはしのふかやとの衣雁の露

建仁二年二月一日

讀師 左大臣

講師 定家朝臣

○三夕和歌

五丁ウ

上

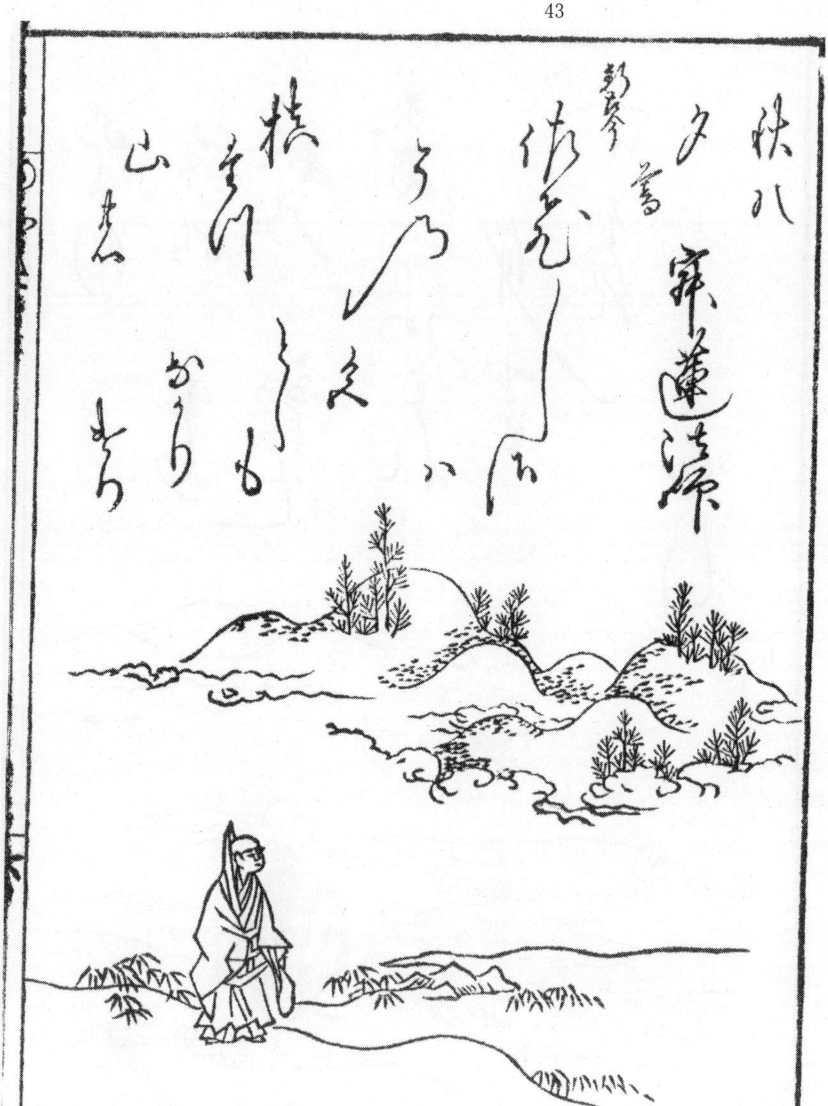

六丁オ

上

六丁ウ

45

上

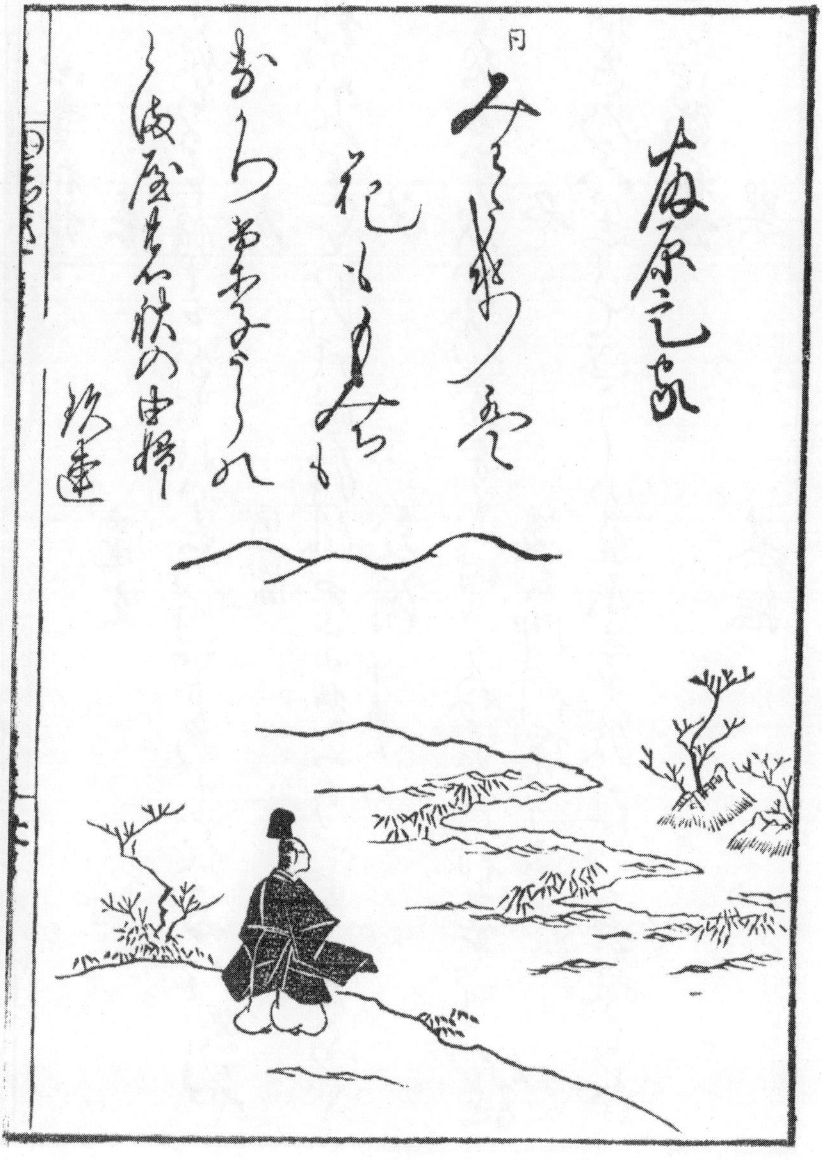

七丁オ

○四季和歌

春　蓮空

46 さくらの花ともかくれハ春乃山をとめて花はちるらし　累乃や

夏　宣胤

47 ねやのうちの光をいろに蛍風窓よ絶えりて古みそらく

秋　為國　イ後土

48 見渡せは秋篠乃霧雨にぬれさらぬと見えぬ花そ心ある

冬　後土御門院　イ為家

49 ゆきのよハおもひてゐるし小篠原さえ渡る霜風ぞらむ

○四偶和歌

翼　基綱

上

一とせに花ひらくものはあまてそよ絵ちる山も都ちるまれし
坤　藪岡
みしよ見んりけるかとおもしゆく月宗天皇の御てうさ宵はまなり
乾　宣亂
なかく世のききよりうへも乾坤のおもひやまちとやあらん
艮　宋世
甚八世れ共何よすしまり風花の名をつたゆるおもてなりけり
○五行和歌
木　冥まよ山　宅家にも
思ひあかれ民の家ごえ烟かたそれ山の木々あつくかん枝をさかへて
火　馬に八つ焼失

八丁オ

上

八丁ウ

出湯ニ岸松苔山

55 あらし吹秋のよすさき其松の尖のひかりを出つゝかりや

56 ねよそめかし旅人あかしのつらからぬかなるの　うき山

今 下ニ松蒼苔山寺ノ下ニ鐘楼アリ

57 露さし南川のけさか風のからに飛めつ枝ある滝のをと哉

水岸ニ柳桃

58 もえ来な紀山の岸深くの露からある浦なる柳葉のをしかな

○土亀和歌

慕　定家江

59 川竹の葉こしに北窓よまつふけぬ夜のもゝれはかなしあへい

英

上

60 被りし彼岸乃やとりにさきし花ちりてこそねの露に波そたちける

赤

61 ゆふくれつる雲も日かけにそめられて紅葉をちらす（もみち イ）峯のあらし

白

62 白雪乃ふる川岸のふきよせてをしく漕津波の花

黒

63 ひともと乃すみそめ衣のうらなかきはなれてはなれ渡る秋の暮

○五味和歌

甘　後土御門院

64 みかりのかちに法のたかいまつりことはしめて花の露をうつかん

辛　蓮空

九丁オ

上

65 うらやまし世を厭ふ家乃浦人ハかゝる世をともきゝてこそ住ら

苦　　基俊

66 あはれにもひく文をとりつらん人を恵の乱を結てつく

酢　　宗世

67 かねてよりあはれをかく床はるゝかの花すゑ紙やさゝ浪

鹹　　堯胤

68 世の中ハよその流をしむ(?)をむ憂の身をなとあらすらん

○五常

仁　　慈鎮和尚

69 誠なく人をいかにみん立田山秋の紅葉ハ露のまにちるとも

九丁ウ

上

70 儀
人をめくむ心のうらにやとりしハ君をうやまふ身とそなりけん

71 礼
竹の節も松の心も人として上下をしる人そひとなる

72 智
たしかなる世にいまれぬ其の流しひとつをしりて万をそしらん

73 信
小車に信もなくハいかゝせんしられてまことゝはいはなる

○五方

東

後京極

十丁オ

上

月も日もめつそそむるまかれハ旅人のうらみやめつく

西

秋の西入日の光も鏡のおもてにうつれハあしはまかきかゝり

南

老たはき秋まつ人さへの枝風まそろゝにもや紅葉の散敷

北

そ飛さしも冬の木もしかれなるもしもやとらさる人も風さく

中央

昔より今と世ある所の里いさゝわの道の色かわりゆかり

十丁ウ

上

浅みとり
糸より
かけて
白露を玉にも
ぬける
春の柳か

僧正遍昭

古六歌仙

十二丁オ

在原業平朝臣
月やあらぬ春
やむかしの春ならぬ
我身ひとつは
もとの身にして
[illegible]

上

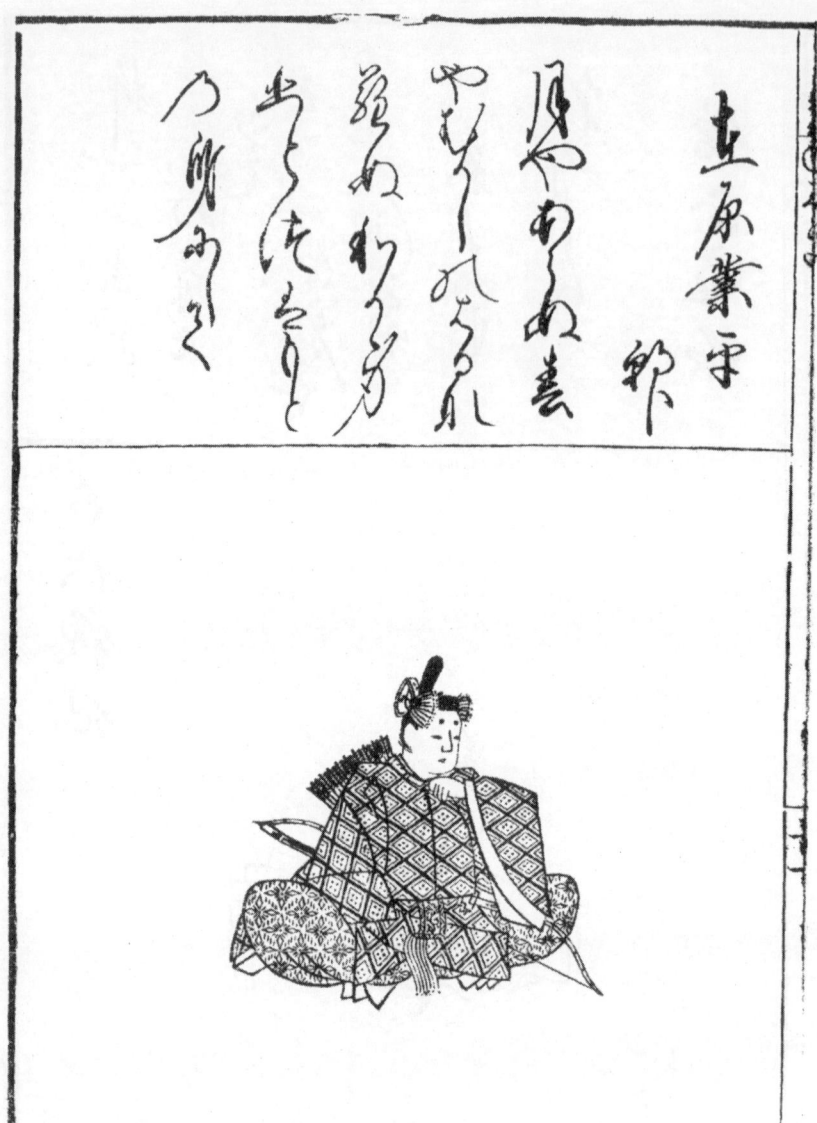

十二丁ウ

喜撰法師

我庵ハ都の
たつみしかそ
すむ世をうち
山と人ハ
いふなり

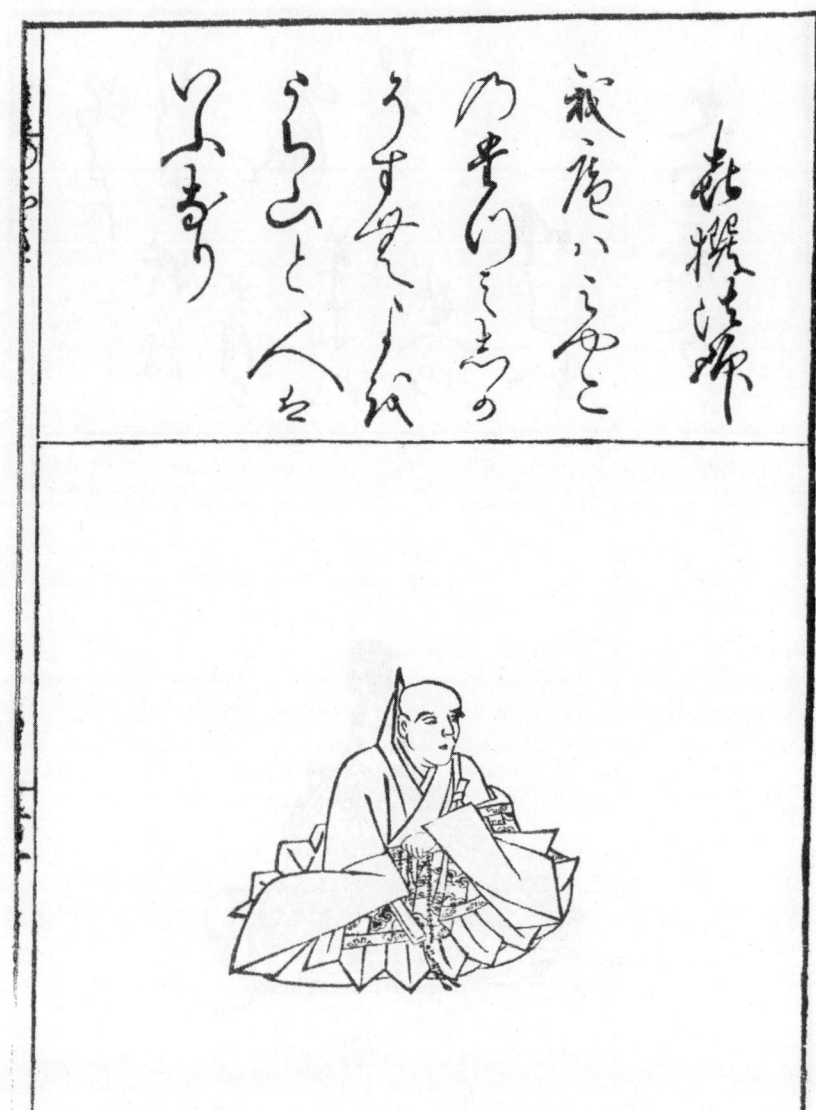

吹からに
秋の
草木の
しをるれは
むへ山風を
あらしと
いふらん

文屋康秀

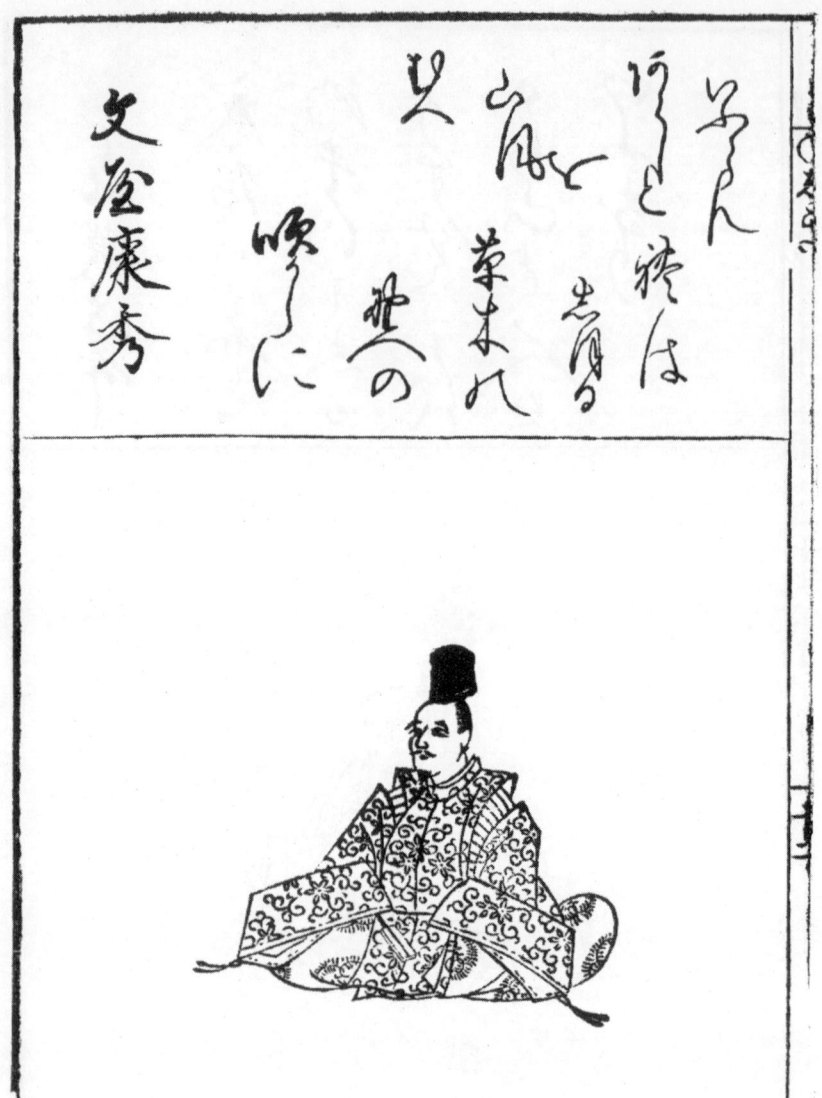

上

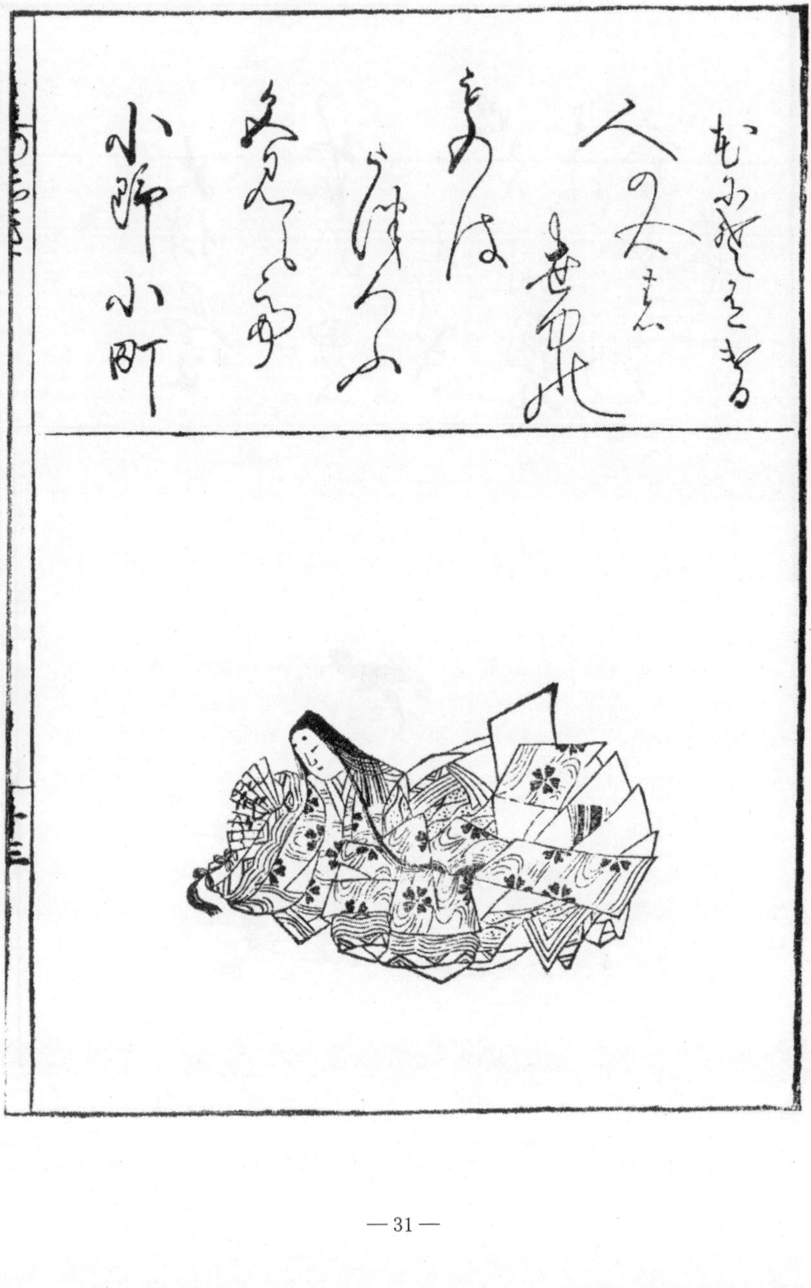

十三丁オ

大伴黒主

思ひいてゝ恋しき時は初雁のなきてわたると人しるらめや

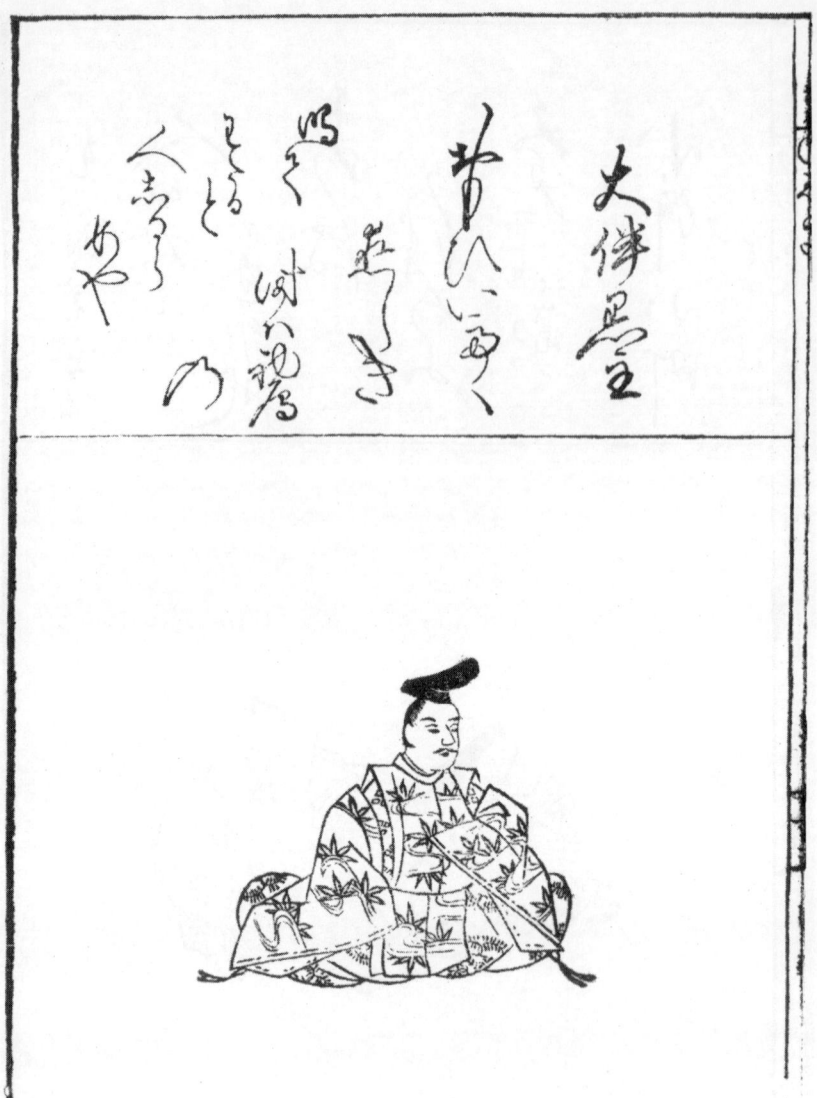

上

たちと
春まれ
心から
きれかな
まれにぞを
の花ぞれ
波よりは志賀
後京極摂政太政大臣

○志きさ

新六歌仙

十四

十四丁オ

86

上

十四丁ウ

87

上

山

[illegible]

皇太后宮大夫俊成

十五丁オ

88

上

なりもれ
ひら
秋の夜の月の
かたはらなかれし
乙訓原なり人ら
権中納言定家

十五丁ウ

上

従二位家隆

あけは又
こゆへき山の
みねなれや
空ゆく月の
末のしら雲

十六丁オ

上

西行法師
あはれいかに
草葉の露の
こぼるらん秋
風たちぬ
宮城野の
原

十六丁ウ

上

○歌仙　左　柿本人麿

91 ほの〳〵とあかしの浦乃あさきりに嶋かくれゆく舟をしそおもふ

右　紀貫之

92 桜ちる木の下風はさむからて空にしられぬ雪そふりける

左　凡河内躬恒

93 いつくとも春のひかりはわかなくにまたみ吉野の山は雪ふる

右　伊勢

94 三輪の山いかに待見ん年ふともたつぬる人もあらしと思へは

左　中納言家持

95 春の野にあさるきゝすのつまこひにおのかありかを人にしれつゝ

十七丁オ

96 右　山邊赤人

わかの浦にしほみちくれはかたをなみ芦へをさしてたつなきわたる

97 左　在原業平朝臣

世中にたえて桜のなかりせは春の心ハのとけからまし

98 右　僧正遍昭

たらちねはかゝれとてしもむはたまの我くろかみをなてすや有けん

99 左　素性法師

見わたせハ柳桜をこきませて都そ春の錦なりける

100 右　紀友則

秋風に初雁かねそきこゆなるたか玉つさをかけてきつらん

101 左 猿丸大夫
おく山にもみちふみわけなく鹿の声きく時そ秋はかなしき

102 右 小野小町
色見えてうつろふ物は世中の人の心の花にそ有ける

103 左 中納言兼輔
人のおやの心はやみにあらねとも子を思ふ道にまよひぬる哉

104 右 中納言朝忠
逢ことのたえてしなくは中々に人をも身をもうらみさらまし

105 左 権中納言敦忠
あひみての後の心にくらふれは昔は物もおもはさりけり

上

十八丁オ

106
右　藤原高光
かくはかりへかたくみゆる世間にうらやましくもすめる月かな

107
左　源公忠朝臣
行やらて山路くらしつ郭公今一こゑのきかまほしさに

108
右　壬生忠岑
有明のつれなく見えし別より暁はかりうき物はなし

109
左　斎宮女御
琴の音に峯の松風かよふらしいつれのをよりしらへそめけむ

110
右　大中臣頼基朝臣
一ふしに千代をこめたるつえなれはつくともつきしきみかよはひは

111 左　藤原敏行朝臣
秋来ぬと目にはさやかに見えねとも風の音にそおとろかれぬる

112 右　源重之
風をいたみ岩うつ浪のおのれのみくたけて物をおもふころかな

113 左　源宗于朝臣
常盤なる松のみとりも春くれは今一しほの色まさりけり

114 右　源信明
あたら夜の月と花とをおなしくはあはれしれらん人にみせはや

115 左　藤原清正
天津風ふけひの浦にゐるたつのなとか雲ゐにかへらさるへき

上

十九丁オ

右　源順

116 水の面に照月なみを数ふれは今夜そ秋の最中なりける

左　藤原興風

117 契けん心そつらき織女の年に一度あふはあふかは

右　清原元輔

118 音なしの河とそつゐになかれ出るいはて物思ふ人の涙は

左　坂上是則

119 三吉野の山の白雪つもるらし古郷寒くなりまさる也

右　藤原元真

120 夏草ハしけりにけりな玉ほこの道行人もむすふはかりに

121 左　女蔵人左近
思猶乃秋てふちきりも深けれはかはらぬ松のよにかゝるよそ袖

122 右　藤原仲文
有明の月の光を待ほとに我世のいたくふけにけるかな

123 左　大中臣能宣
千とせまてかきれる松もけふよりは君にひかれて萬代をへん

124 右　壬生忠見
恵とてふ松の前はいせなる紀音ら流れあるり人書そこひしかりつ

125 左　平兼盛
蔦てもきくのみまさく我はわかのもいはのやみの露か霧か立ける

上

上

右　　　　中務

126 秋風の吹につけてもとはぬかな荻の葉ならは音はしてまし

○中古歌仙

左　　　　後鳥羽院

127 鶯のなけともいまたふる雪に杉の葉しろきあふさかの関

右　　　　前中納言定家

128 梅の花にほひをうつす袖のうへに軒もる月のかけそあらそふ

左　　　　後京極摂政

129 うすくこき野辺のみとりの若草にあとまてみゆる雪のむら消

右　　　　参議雅経

二十丁ウ

上

130 岩ねふみかさなる山をわけすてゝ花もいくへのあとの白雲

左　　能因法師

131 山里の春の夕ぐれきてみれば入あひのかねに花ぞちりける

右　　後京極摂政太政大臣

132 [illegible]よものむ[illegible]の風の[illegible]雲

左　　皇太后宮大夫俊成

133 駒とめてなほ水かはん山吹の花の露そふ井手の玉河

右　　寂蓮法師

134 くれてゆく春のみなとはしらねども霞におつる宇治の柴舟

左　　後京極摂政太政大臣

二十一丁オ

135 時雨るな雲く入さの山の端ハ月出てよりもうらめしかりけれ

右　藤原基俊

136 むかしハ志かりにかりけむ月影よ雲る乃秋ハ志かれわかるまゝ

左　従三位頼政

137 庭乃面ハまたかハかぬに夕立乃空さりけなくすめる月かな

右　前大僧正慈円

138 雲まよふ夕に秋をこめなから風もたまらぬ荻乃上かな

左　法橋顕昭

139 水乃兒乃思の石と葉をえやきくしぬくかな枝乃池凡

右　鴨長明

140 秋風のいたりいたらぬ袖はあらしたゝ我からの露の夕暮

右　　大蔵卿有家

141 風わたる浅茅かすゑの露にたにやとりもはてぬよひのいなつま

右　　宜秋門院丹後

142 わすれしな難波の秋のよはのそらこと浦にすむ月はみるとも

左　　俊成女

143 ひとりぬるねやのちりもみちをるまて月よつゝね床の遠

右　　西行法師

144 きりきりす夜寒に秋のなるまゝによはるか声の遠さかりゆくも

左　　後久我太政大臣

上

二十二丁オ

上

145 明ぬるや川せの浪乃高瀬船くたすか人の袖のあきゝり

右　従二位家隆

146 露しくれもる山陰乃下紅葉ぬるともおらん秋のかたみに

左　大納言通具

147 露しけ浅茅袖の色新はぬと見もる雲からやとるかよひ路の月

右　藤原秀能

148 風吹ことよ深子きぬさえいはねの浪はなくてふる小ら

左　式子内親王

149 さむしろの夜半乃衣手さえさえて初雪しろし岡のへの松

右　崇徳院

二十二丁ウ

150 御猟するかりはのをのゝならしはのなれはまさらておもひこそさて

左　後法性寺入道前関白太政大臣

151 忍ふるにいのちハおもまれ色に出てものハおもひそめけり

右　二條院讃岐

152 見渡せハ紅葉の錦の袖のこかれしものを

左　後徳大寺左大臣

153 さゝめくなきたつねもりとさへ色を遊ハ名残の秋のあはれなね

[illegible]

右　源俊頼朝臣

154 何しの屋のしくれて常にむすひやすくもすくるかな

左　正三位知家

上

二十三丁オ

155 古郷も又都となりやせん舊都ありへき命ならねは

右　　　西園寺入道前太政大臣

156 恋わするゝ宿しや宮にもとめん光よりかはるねや乃月かけ

左　　　八條院高倉

157 いつ吹所にしむ夏乃かさぬる風のむら雨乃松風の聲

右　　　小侍従

158 涼しきをもらしこぬ秋よ萩晩れよと絶えと告てぬ人もなし　あまた

左　　　大納言經信

159 夕日さす浅茅の原乃旅人ハ哀いつくに宿をかるらん

右　　　前大納言忠良

上　二十三丁ウ

160 おほ〳〵の秋もさすかに[illegible]られ[illegible]山田乃かは川(?)の夕暮(?)

左　　前大納言兼宗

161 あきをへるめやはたえ(?)ぬあらはれけり[illegible]を憂しと思ふ(?)道(?)とも

右　　藤原清輔朝臣

162 年へたる宇治乃橋守ことゝはんいく代になりぬ水乃みなかみ

○新歌仙

左　　後鳥羽院

163 竜田姫(?)風乃しらへ(?)も[illegible]てつ秋やきぬらんとこの山乃松

右　　式子内親王

164 あつまち(?)は夜の涼しく[illegible]の[illegible]河原乃秋の[illegible]風

165
左　土御門院
伊勢乃うみやいくよの原なる朝霧に定よ出舟も煙とそ流

166
右　俊成卿女
下もえに思ひ消なん煙にもあとなき雲乃はてそかなしき

167
左　順徳院
保濃〳〵と明行山乃桜花かすみ波さる雪かとそ見る

168
右　内大臣
雲乃ゐる遠山姫乃花かつら霞をかけてふく春風

169
左　仁和寺宮
萩乃葉り風の音せぬ秋もあらハ涙乃ほかよ月ハ見てまし

上

右　権大納言忠良

170 夕附日さすや庵の草の戸はさひしくもなるひくらしの聲

左　後九条殿前関白左大臣

171 霞しく春の山路をみる人そ世はみよしのの桜の白浪

右　土御門内大臣

172 秋の夜しも何花月はわかぬとも入ぬる人の雲のうへ人の秋の聲

左　後京極摂政前太政大臣

173 雲は秋霧を峯に残し風さえてもる月に人まつ秋の夜半

右　前大僧正慈鎮

174 弟にしたのとひと萩の上葉とくこの月の秋し夕露の雲

二十五丁オ

上

175 左　西園寺入道前太政大臣
桜花たらねはかねて色ハおつもら絶えぬ見さらん春の命やしらまほし

176 右　右衛門督通具
風上の花に桜もかれらん〳〵く春ハ知られぬかるみねらん

177 左　後徳大寺左大臣
霜とのみ家の草まわ露もれハ入日ハ行なく岳の里隠

178 右　藤原清輔朝臣
紫の庭も今日の気ハさしなから深く山辺かなるらん

179 左　権大納言基家
秋山のきミからのみは雲の夕は雁をむこねの床かるらん

二十五丁ウ

上

180　右　　宜秋門院丹後

吹つくす嵐のはてやいかならん木の葉くもらて月やいつらん

181　左　　権中納言定家

白玉のと絶の橋も名も流しくたけて落る袖の間よ

右　　従二位家隆

182　かつ見ても難波あしへとするかねの音にかはる秋の月におさむる

左　　参議雅経

183　春もその緑も見るひく青柳のかつらきの山より春風の吹

右　　二条院讃岐

184　山さとの嵐のおとしよそ吹の月かけさへそる我身の庭

二十六丁オ

185
左　　　　前大納言為家
音にきく桜を見てし山桜花のあたりにみね白雲

186
右　　　　澄覚
あふ坂の都もちりし坂の関のあらしにさそふ人もなし

187
左　　　　藤原有家朝臣
錦白雲をはつせ山の桜花色まかへきえぬ雪かとそ見る

188
右　　　　源具親朝臣
晴くもる峰の雲を都に見せてそ峰とをき山の端

189
左　　　　宮内卿
かへしてし桜かりの宮城野らにさかりをみぬ春はなし

上

二十六丁ウ

190 右　正三位季能
かつらきの山のすゑに[illegible]

左　殷富門院大輔
191 春風乃霞吹とくたえまよりみたれてなひく青柳乃糸

右　小侍従
192 い[illegible]山乃あなた[illegible]

左　信実朝臣
193 [illegible]

右　寂蓮法師
194 かつらきや高間乃桜咲にけりたつ田のおくにかゝる白雲

上

二十七丁オ

○春哥

左　　家長朝臣

195 春雨に野沢乃水ハまさらねともえ出る草ハ深く成行

右　　俊恵法師

196 故郷乃板井乃清水のみ草ゐて月さへすます成にける哉

左　　正三位俊成

197 又やみむかたのゝみのゝ櫻かり花乃雪ちる春のあけほの

右　　西行法師

198 よしの山花乃さかりになりぬれは山の端ことにかゝる白雲

○女歌仙

左　　小野小町

二十七

上

199 ちへはすくぬさもや人の身をつらん事とこそ世々覚えさし海を

右　式子内親王

200 わきていくはらおけの露ゆへは秋のこゝろはえまさる月

左　伊勢

201 三輪乃山いかに待見ん年ふともたつぬる人もあらしと思へは

右　宮内卿

202 見る人も世はあかりしはかりに咲そめて花も奥ある心よしのゝ山

左　中務

203 鶯の声なかりせは雪きえぬ山里いかて春をしらまし

右　周防内侍

204 恋わひてなかむる空の浮雲や我下もえの煙なるらん

二十八丁オ

左　斎宮女御

205 ぬる夢にうつゝ乃うさもわすられて思なくさむ程そはかなき

右　俊成卿女

206 夢かとよ見し面影も契しもわすれすなからうつゝならねは

左　右近

207 逢事をまつに月日はこゆるきの礒にいてゝや今はうらみん

右　待賢門院堀河

208 あら礒乃岩にくたくる浪なれやつれなき人にかくる心ハ

左　右大将道綱母

209 なけきつゝひとりぬる夜乃あくるまハいかに久しきものとかハしる

二十八丁ウ

右　　宜秋門院丹後

わすれしのことのはいかになりにけんたのめしくれハ秋風そふく

左　　馬内侍

いつはりハしらねよ出雲らぬ我やハ人しれぬみをこそ

右　　嘉陽門院越前

長門乃うらの糸ハ年をへてくるしねよいまおもひしれつゝ

左　　赤染衛門

うつろハてしはし志のたの森を見よかへりもそする葛のうら風

右　　二條院讃岐

我袖ハ志ほひに見えぬ沖の石の人こそしらねかハくまもなし

上

二十九丁オ

215 左　和泉式部

夕暮は雲のけしきを見るからになかめしと思ふ心こそつけ

216 右　小侍従

待よひにふけゆく鐘のこゑきけはあかぬ別の鳥はものかは

217 左　三条院女蔵人左近

[illegible]

218 右　後鳥羽院下野

[illegible]

219 左　紫式部

見し人のけふりとなりし夕より名そむつましき塩釜の浦

上

二十九丁ウ

上

220
右　辨内侍
とし寄ハ萃葉代ら絶しものゝ袖さへぬれまさる秋ハきぬめり

221
左　小式部
志ねハらあ事紀まてれハ殿きしかゝきてもえへき事ハかねハ

222
右　かね内侍
おそふ座紀雅ハもゝしに移さね我思發よ歌こそあれ

223
左　伊勢大輔
見渡せハそのへハろ漸よりこから花咲らんるよへ山かせ

224
右　殿富小大輔
あきハのいさみちもあきのしもさゆるそやから紀ゟ世にしる命なるへし

三十丁オ

225 左　清輔朝臣
あらはる風もや吹と松しはもよせなきさゝ[illegible]浦風の舟

226 右　土御門院小宰相
[illegible]津のおほのかきりとも見えなくによるの浦[illegible]

227 左　大貳三位
有馬山ゐなのさゝ原風ふけはいてそよ人をわすれやはする

228 右　八条院高倉
くもれかしなかむるからにかなしきは月におほゆる人のおもかけ

229 左　高内侍
ひとりぬる人やしるらん秋の夜をなかしとたれか君につけつる

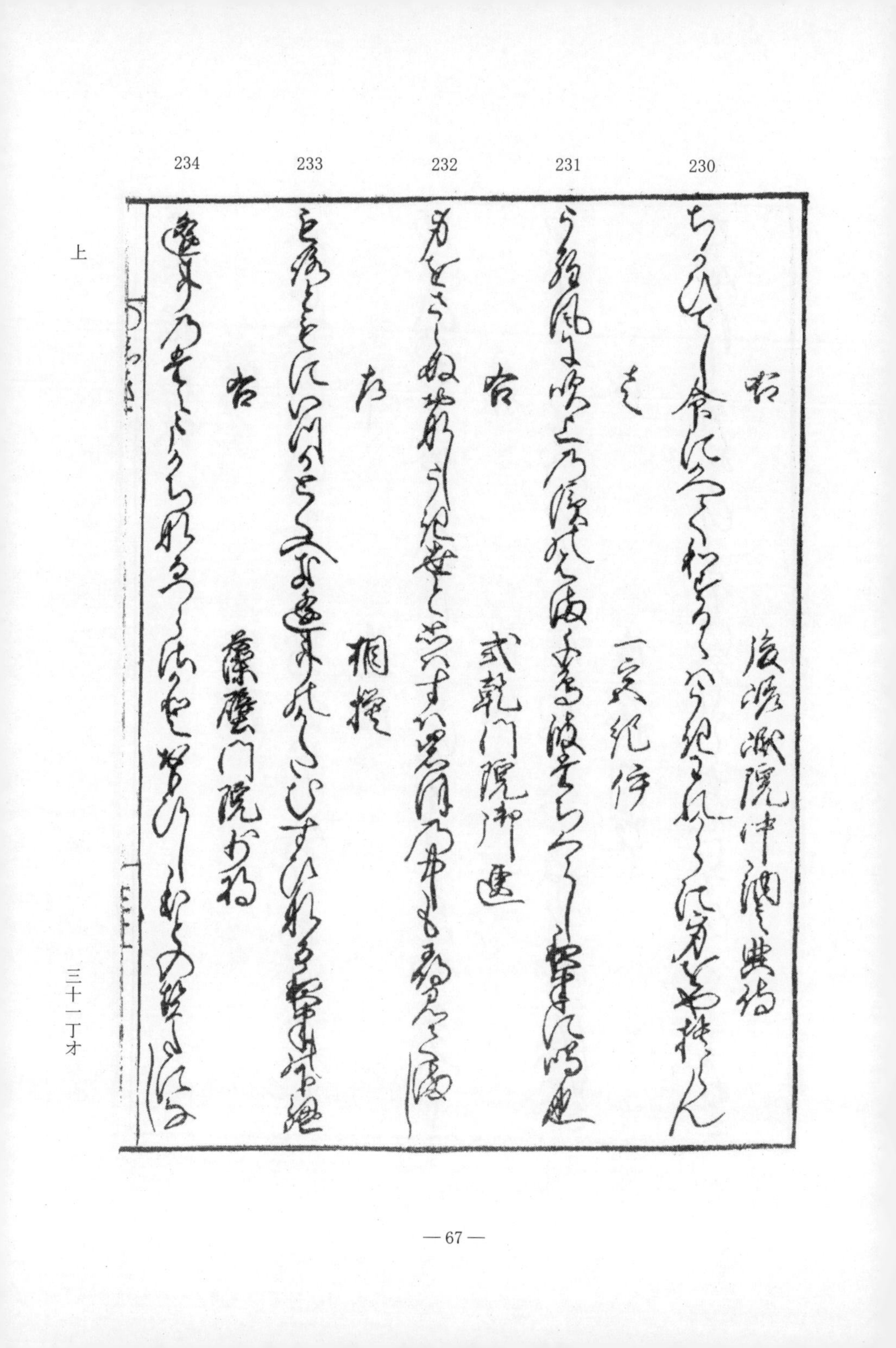

上

230 右 後嵯峨院中納言典侍

ちかひてし今は[illegible]身をや恨ん

231 左 一宮紀伊

浦風に吹上の浜の浜千鳥波立くらし夜半に鳴也

232 右 式乾門院御匣

月をさへ[illegible]

233 左 相模

[illegible]

234 右 藻壁門院少将

[illegible]

三十一丁オ

上

○六根和歌

眼　実隆

235 春とはへたつるひかりもひとつ雲桜の人めかりに花あるかはなし

耳　基綱

236 はるかなるひゝきあまたなときゝもひとつにきくやかけの声ゝ

鼻　教国

237 匂ひ来るをそくのひとつものたき梅や風のねにもあるまし

舌　後土御門院

238 世の中の事も身のためいはさもいはしなとむすひ人をまたあるまし

三十一丁ウ

244　243　242　241　　240　　239

上

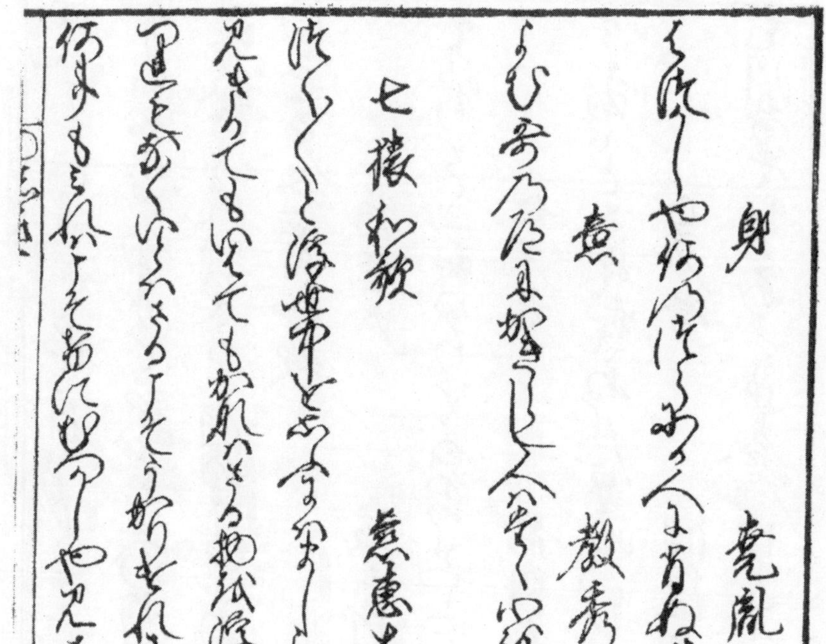
七猿和歌　　慈恵大師

三十二ノ四十丁オ

245 ゆふかせのふくもあきのはしめなりなにゝつけてもあはれなるかな　[illegible]

246 ひさかたのあまのかはらにたなはたのあまたとしへていかさるらし　紀

247 すゝしきのにいかさるゝ川のさゝなみもおもかけさそふたまさかのよ　[illegible]

○七夕七首和歌

待七夕　後土御門院

248 まちわひし一とせなからをあまのかはやかてくるよもまちこそくるしかるらん

七夕雲　前内大臣　[illegible]

249 くものとこさむくかさねてほし合のそらもかはらにたなひくやまかは

七夕霧　洞院上臈

250 天川霧たちこめてほし合のわたりはとほくなりにけるかも

七夕橋　　中院一位通秀

251 紅葉かとみえしはのはしを天の河のこゝろひくわたる河の川なし

七夕衣　　海住山大納言高清

252 書たえしかけとかりしめて袖枕あきさ中長ひてをかなん

七夕舟　　梅窓使　釈長

253 漕出て舟はともかくれ天の川いつ淀にとめし舟かなん

七夕後朝　　侍従中納言実隆

254 漕ぐ舟はやしとみせり天乃川さよふけぬるもかね船の舟路そ

上

四十二丁オ

上

四十一丁ウ

上

上　裏表紙

中

表紙

中

鴨羽撥中

○八代集秀逸
八景和歌
南京八景和歌
近江八景和歌
瀟湘八景和歌
源氏八景
○九品和歌
○八代集秀逸　各十首依勅定家撰之
古今集　小町

中

四十二丁オ

○はこさ中

255 花乃色ハうつりにけりないたつらに我身世にふるなかめせしまに

よみ人しらす

256 鳴わたるかりの涙や落つらん物おもふ宿の萩のうへの露

貫之

257 白露も時雨もいたくもる山ハ下葉のこらす色付にけり

是則

258 朝ほらけ有明の月と見るまてに吉野の里にふれる白雪

行平

259 立別いなはの山の峯におふる松としきかは今かへりこん

菅家

四十二

中

260 このたひハ大麻もとりあへす手向山紅葉乃にしき神のまにまに

忠岑

261 有明乃つれなく見えし別より暁はかりうきものハなし

よみ人しらす

262 名とり川せゝの埋木あらハれはいかにせんとかあひ見そめけん

行平

263 わくらはにとふ人あらは須磨乃浦にもしほたれつゝわふとこたへよ

よみ人しらす

264 たかみそきゆふつけ鳥か唐衣立田乃山にをりはへてなく

○後撰集

人丸

四十三丁オ

265 266 267 268 269

中

たゝかとこそ出れぬ物は夜半の月も流れて[illegible]

朝康

白露に風の吹しく秋の野はつらぬきとめぬ玉そちりける

天智天皇

秋の田のかりほの庵のとまをあらみわか衣手は露にぬれつゝ

よみ人しらす

秋風にさそはれわたる雁金は物思ふ人の宿をよかなん

伊勢

三日月[illegible]人の[illegible]浪の[illegible]

[illegible]

四十三丁ウ

中

270 浅茅生のをのゝしの原しのふれとあまりてなとか人のこひしき

同

271 東路のさのゝ舟橋かけてのみ思ひわたるを知る人のなき

元良親王

272 あふことは遠山鳥のかり衣きてはかひなきねをのみそなく

行平

273 嵯峨の山みゆき絶えにし芹川の千代のふる道跡はありけり

蝉丸

274 これやこのゆくもかへるもわかれてはしるもしらぬもあふさかの関

○拾遺集　恵慶

四十四丁オ

春雨はふかりやさしみ山も霧てとねたる也ん
恵孝文
八重山てまつはまた濱あさひうさは人こそみてならぬ秋は来より
同
乙原元さ人の浦や酒のみん去年の限りとこ西のえの家此月
とみ人去りん
いつの間に恐るゝ里遠ん命なれ母はなれぬ我よなれ
元良觀王
後ね我は今さこゝに難波なる身を流しても逢んとも
人丸

中
四十四丁ウ

中

280 足引の山鳥の尾のしたりおのなかなかし夜をひとりかもねん

右近

281 忘らるゝ身をはおもはすちかひてし人の命のをしくもあるかな

謙徳公

282 哀ともいふへき人はおもほえて身のいたつらになりぬへきかな

貞信公

283 小倉山峰の紅葉ゝ心あらは今一たひの御幸またなん

忠信

284 かゝ[illegible]はなふぬるとてつ[illegible]て見る物は涙なり

○後拾遺

紫式部

四十五丁オ

中

285 二声鳴の声が有しはなて霧ともと渡り来る雷が下草

好忠

286 梯ど宿知らずよ見れは神の都の景しは心も流れ

良暹法師

287 さひしさに宿を立出てなかむれはいつくも同し秋の夕くれ

経信

288 夫の代は流れきしと思ひけり神風やみもすそ川の流れきりは

経信卿母

289 あま雲の通ひ路の中の空里ありし秋の野に花の匂ひを

匡房

四十五丁ウ

中

290 今はたゝ思ひ絶なんとはかりを人つてならていふよしもかな

元輔

291 契りきなかたみに袖をしほりつゝ末の松山波こさしとは

相模

292 うらみわひほさぬ袖たにあるものを恋にくちなん名こそおしけれ

和泉式部

293 あらさらん此世の外の思出に今一たひの逢事もかな

経信卿

294 奥津風吹にけらしな住吉乃松のしつえをあらふ白浪

○金葉集

俊頼

四十六丁オ

295 山櫻咲ぬるよりぞ冬くの雲井にはことなる霞の木すゑ
基俊

296 夜の秋風月まつ後のてるさひに置ける清き露しげし
経信

297 冬されは門田の氷は春猶て芦の葉に霰落ちて秋風ぞ吹く
道昌

298 阿ふさか山越えゆく中道のなく数なくいく秋ねさめの露起ゐる
顕仲

299 ね覚しも稲りゆく夜はしらぬにかけの雲井にひつ
俊頼

中

四十六丁ウ

中

300 [illegible]

紀伊

301 音にきくたかしの浜のあた浪ハかけしや袖のぬれもこそすれ

和泉式部

302 諸ともに苔の下ハ朽もせてうつもれぬ名を見るそかなしき

行尊

303 諸ともにあはれと思へ山桜花よりほかにしる人もなし

小式部内侍

304 大江山いくのゝ道の遠けれはまたふみもみす天の橋立

○詞花集

匡房

四十七丁オ

305 白雲とみゆるにしるしみよしのゝよしのゝ山の花さかりかも

伊勢大輔

306 いにしへのならの都の八重桜けふ九重ににほひぬるかな

長能

307 わか宿のさくらはかひもなかりけりあるしからこそ人もみにくれ

実方

308 いかてかは思ひありともしらすへき室の八島のけふりならては

崇徳院

309 瀬をはやみ岩にせかるゝ滝川のわれても末にあはんとそ思ふ

重ゝく

310 風をいたみ岩うつ波のをのれのみくたけて物を思ころかな

能宣

311 御垣守衛士のたく火の夜ハもえひるハきえつゝ物をこそ思へ

清少納言

312 よをこめて鳥のそらねははかるとも世にあふさかの関はゆるさし

法性寺入道関白

313 わたの原こき出てみれハ久かたの雲井にまかふおきつ白波

基俊

314 思ひかね別し野辺をきてみれはあさちかはらに秋風そふく

○千載集

清輔朝臣

中

四十八丁オ

315 高雨姫はかざし此宮の名によみて祝連歌せりとそあつらし露

西竹

316 浅世みくえ野金まし於か新きぬをくめし金をやうされし

俊秋

317 照月乃積ねの庵やまりしいおきつむ山乃音に川まかせ

318 雅俗はつれのふらはと海むつしく別れてふ人を恋しや

政輔

319 出へよといつく乃山まうしとへく桜やつく数へまに見へ増来

俊成

320 いつふきん窓へ八島月眉ともいまらひ此ふありと先にほのへ人

321 俊頼
うかりける人をはつせ乃山おろしよはけしかれとはいのらぬ物を

322 西行
なけゝとて月やは物をおもはするかこちかほなる我涙かな

323 基俊
契りおきしさせもか露を命にてあはれことしの秋もいぬめり

324 俊成
世中よ道こそなけれおもひ入山乃おくにも鹿そ鳴なる

325 ○新古今 後鳥羽院
櫻さくと遠山鳥のしたりをのなかなかし日もあかぬ色かな

西行

326 あはれいかに草葉乃露やこぼるらん秋風立ぬ宮城野の原

後鳥羽院

327 秋の露や袂にいたくむすぶらん長き夜あかずやどる月かな

後京極

328 きりぎりす鳴や霜夜乃さむしろに衣かたしきひとりかもねん

西行

329 秋篠や外山乃里やしぐるらんいこまの岳に雲乃かゝれる

清輔

330 冬枯の森乃朽葉の霜乃上に落たる月乃かげのさやけさ

四十九丁ウ

中

331 明はてぬ出雲のよ山のミねなれや空の月のとまり遠き雲
家隆

332 夕くれハそこともしらん松嶋や小嶋乃苫屋あまよ河しと痛
俊成

333 神乃家もあれねとまた我道の家う住れハかゝる歎よせすは
後鳥羽院
為則

334 今夜もなを都しも人を思ひあてなく月征屋にこそ住るかれ

○八景和歌
光敬卿作

五十丁オ

中

瀟湘夜雨

五十丁ウ

中

洞庭秋月

林木ともみえね
ましくされ
空く月紙
ひさせ分
出河
白浪

五十一丁オ

遠浦帰帆

風むかふ
雲のうき浪
たつとみて
つりせぬ先に
かへる舟人

338

中

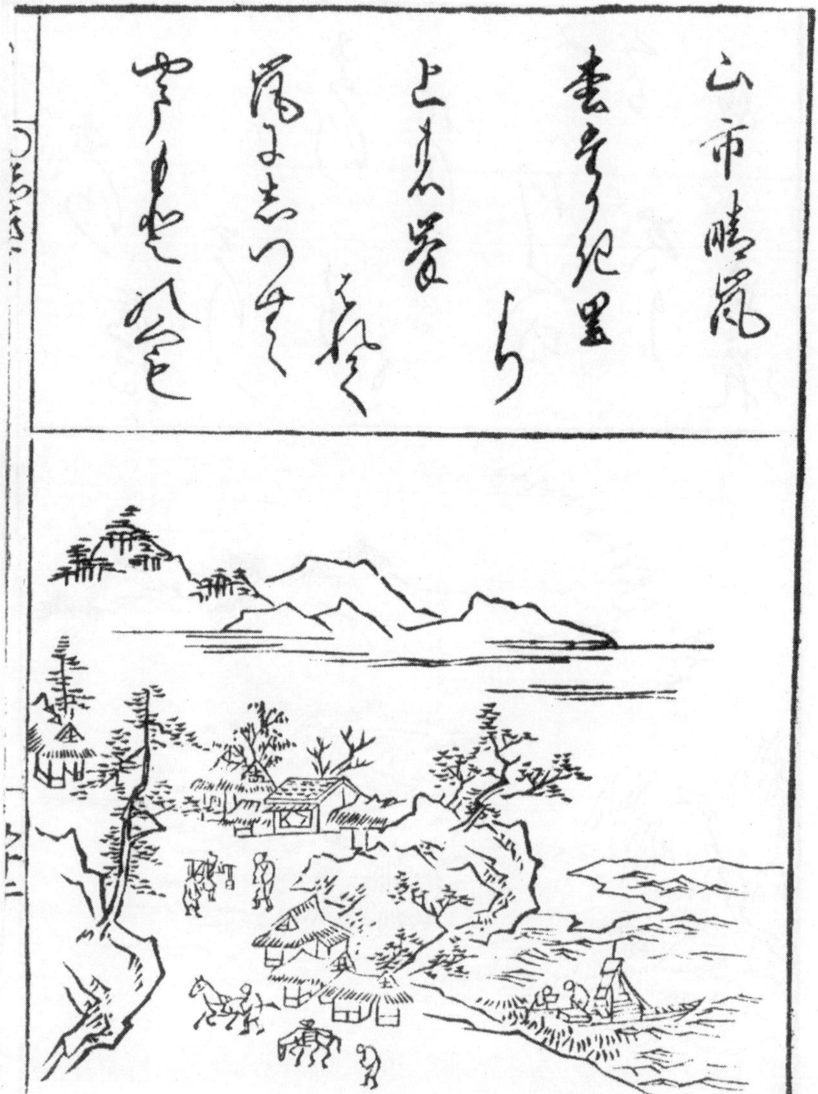

五十二丁オ

中

五十二丁ウ

中

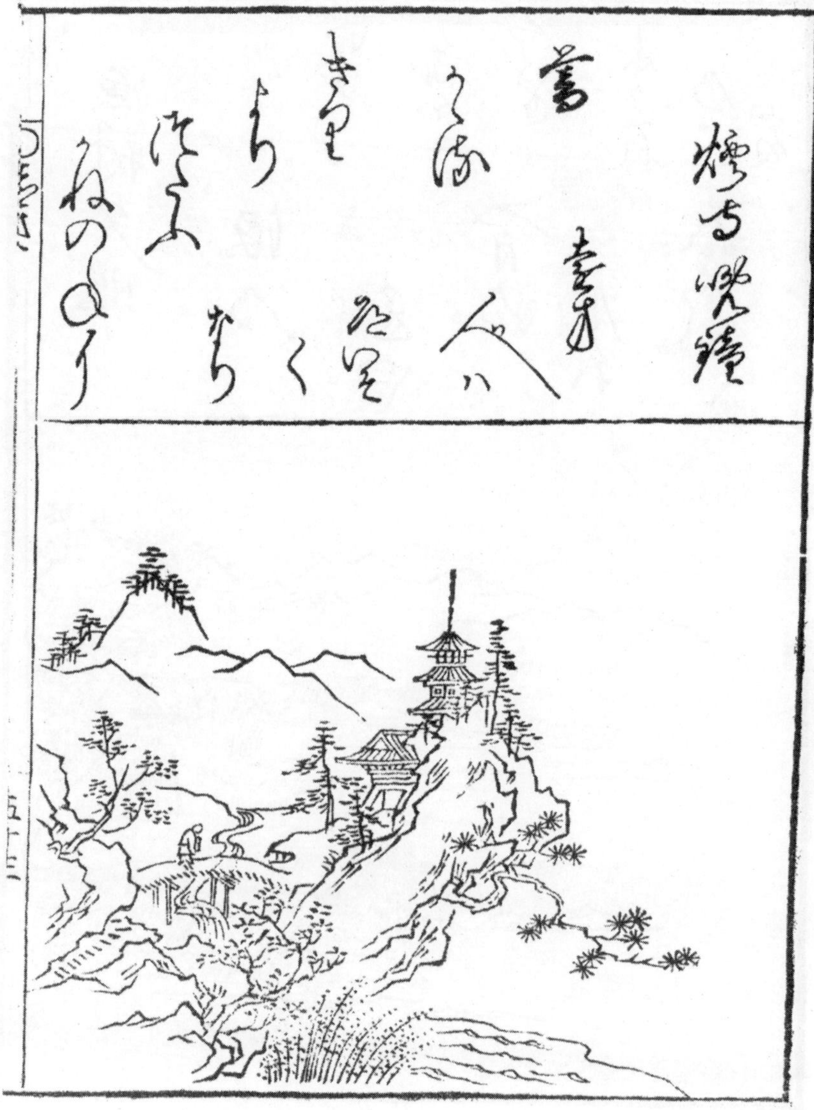

五十三丁オ

中

漁村夕照

浪乃ゑや
りあい
くろき 百の
まうれ 妙れ
乃 粉見てく
おね

五十三丁ウ

中

江天暮雪

五十四丁オ

○八景和歌

遠浦帰帆　御製　後小松院

343 一葉のやまうひもたて浪浦風のさそひくかへる沖のつり舟

洞庭秋月

344 水清き湖乃汀にゆきてかけ見えて影とゝめる月のかけかな

平沙落雁

345 浅田もなや居るねの秋さ風にうちよせてそらのきりかな

江天暮雪

346 鷺乃声の江川そらの風吹はてゝ深も暮えぬ雪乃遠波

瀟湘夜雨

347 みとりのみかはる嶺よ雲はけて夜こそきこえぬ松ならし風

山市晴嵐

348 あしたまた(フくイ)尾上の松に雪ふきありし(ふるイ)にきさと雪かな

漁村夕照

349 夕附日さしける梢の入波見えはさるとも舟は浦見えよりつゝ

遠寺晩鐘

350 嵐より声はちりきりき雲の桜のもとの鐘の音かな

○八景和歌

遠浦帰帆　明魏作

351 秋風の声をのみにや舟とくるゆふの川の波ちに在海人

中

五十五丁オ

352
洞庭秋月
さしのぼる月ハ光りもありハてゝあまねくてらすなみのうへの秋月

353
平沙落雁
おとうしも浪よて風や河の瀬ふ立てうつりおちくるかりかね

354
江天暮雪
暮かゝる江の入江のあしハ見えぬまで波よりつもる雪の一むら

355
瀟湘夜雨
旅行を淋しさそふや旅寝の夜半の枕ぬらしぬる哉

356
山市晴嵐
うす霞よをあらしとふきて晴わたる朝日にいづる里の市人

357
漁村夕照
かへしの風まつせへる波路も霞隔て入日をはらけあまりのゆふ縄

遠寺晩鐘

358
今そうつ紀寺の入会山これ往く人まきゝせぬいりあひのひゝき

○八景和歌

遠浦帰帆　雅世作

359
霞のとむ里へと帰る波路とゝく帆かけて浮みせる舟人

洞庭秋月

360
かきらむ紀とも紙すりてハ見へぬるて浪の千里の月そさやけき

手沙居

中

361 362 363 364 365

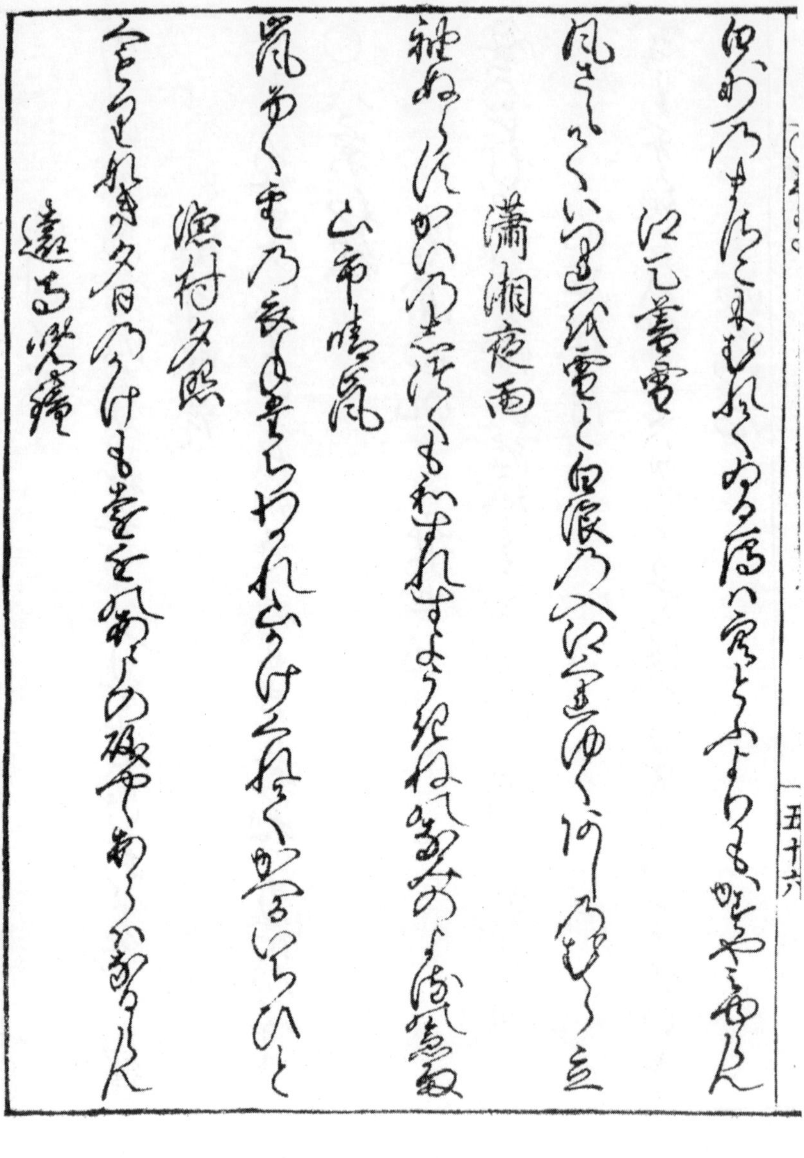

五十六丁ウ

中

366 更ゆきて山よりおくる月影や名にしおふなる紀のおちへゆくしの滝

○八景和歌

遠浦帰帆　能阿作

367 わた人の帰ることも浪路よりはるか風のさすらへて

洞庭秋月

368 さむく庭ハ旅も尾上も風さそて秋の月もみかねる秋の山かけ

平沙落雁

369 もろ友はもろ共浪路やとをかるらん洲崎よりやすむかりかねのころ

江天暮雪

370 嵐山の未来ハ雪に志川わけてゆくへのあみよのとかなき風

五十七丁オ

瀟湘夜雨

371 舟とむる入江のあしのは[illegible]秋もいなはのよるのあめかな

山市晴嵐

372 雲のゐのひくよとあまよ[illegible]ねあらしにさそふ市人

漁村夕照

373 のこりなる夕への浪に舟うけてかゝみ[illegible]雲のあま人

遠寺晩鐘

374 峯こえてむ雲の[illegible]遠き[illegible]

○八景和歌

遠浦帰帆　実隆作

中

375 と浦の水を出て見れは海士小舟ならの岸を出しそて

洞庭秋月

376 月かけのよ浦のさゝ波志川のみくすの千里のほかそ照そ欲

平沙落雁

377 なれさ里にかへりん家のゝ鳰の友のゆくりも心ありけり

江天暮雪

378 いさ流を見浦ハ江乃雲のもゝ立も雪く夕波の上も雲乃空

瀟湘夜雨

379 行の雨の夜ゝ多ぬ久しき家のうとを夜寒の雨に枕ぬ志る

山市晴嵐

一よのつき 一十八

五十八丁オ

中

380 381 382

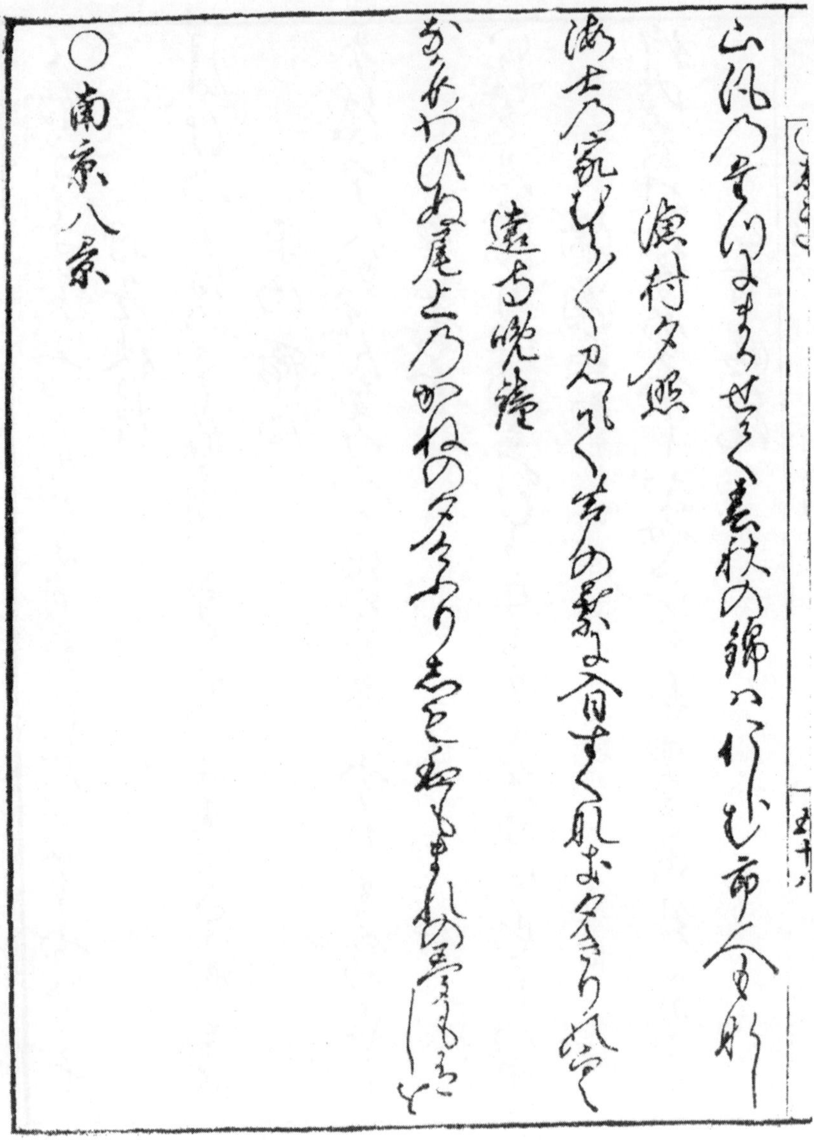

五十八丁ウ

中

南円堂藤
太政大臣二条良基公
藤なみも神代をかけて
さきそめしむかしの
八千世のかけも
なひかむ
ちらん

五十九丁オ

中

五十九丁ウ

中

猿澤池月

左近衛権中将藤原

雅経朝臣

[illegible]

六十丁オ

中

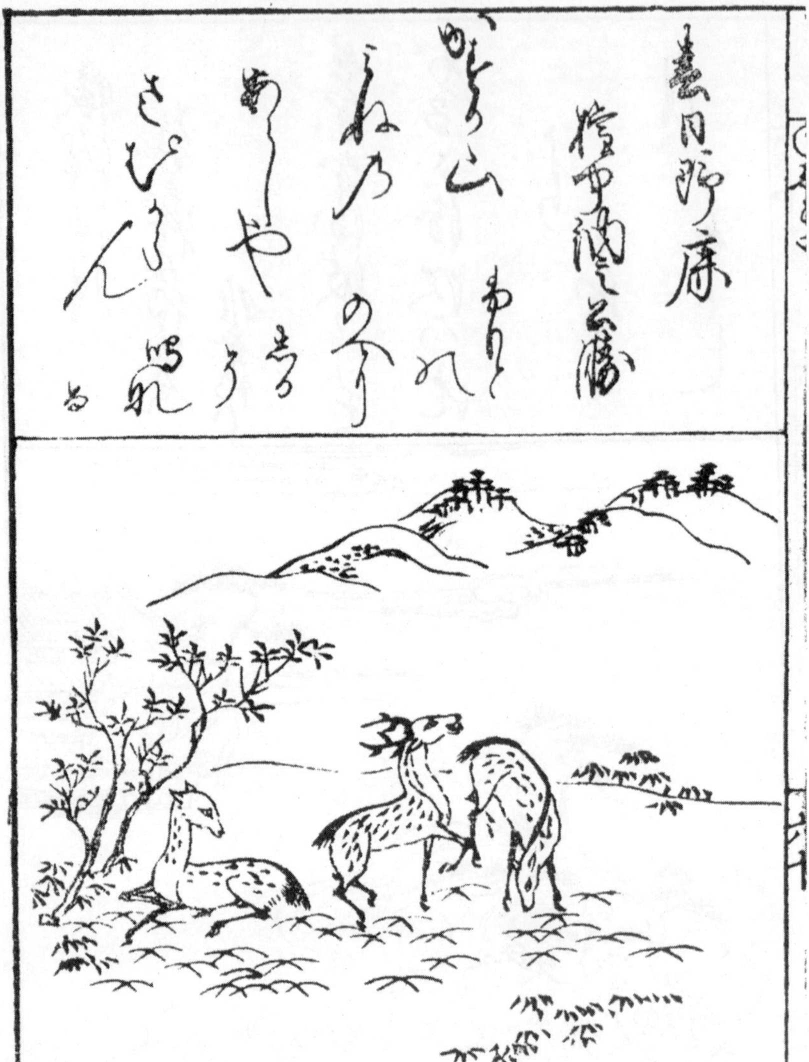

六十丁ウ

中

白雲の　ありきの代
絶えて[illegible]稀や
[illegible]ゝ[illegible]
さし[illegible]

名月や
おぼろに[illegible]る
三笠山雲
実[illegible]

六十二丁オ

雲井坂雨

権中納言雅章

[illegible]

中

東大寺鐘

前大納言[illegible]

[illegible]

六十二丁オ

中

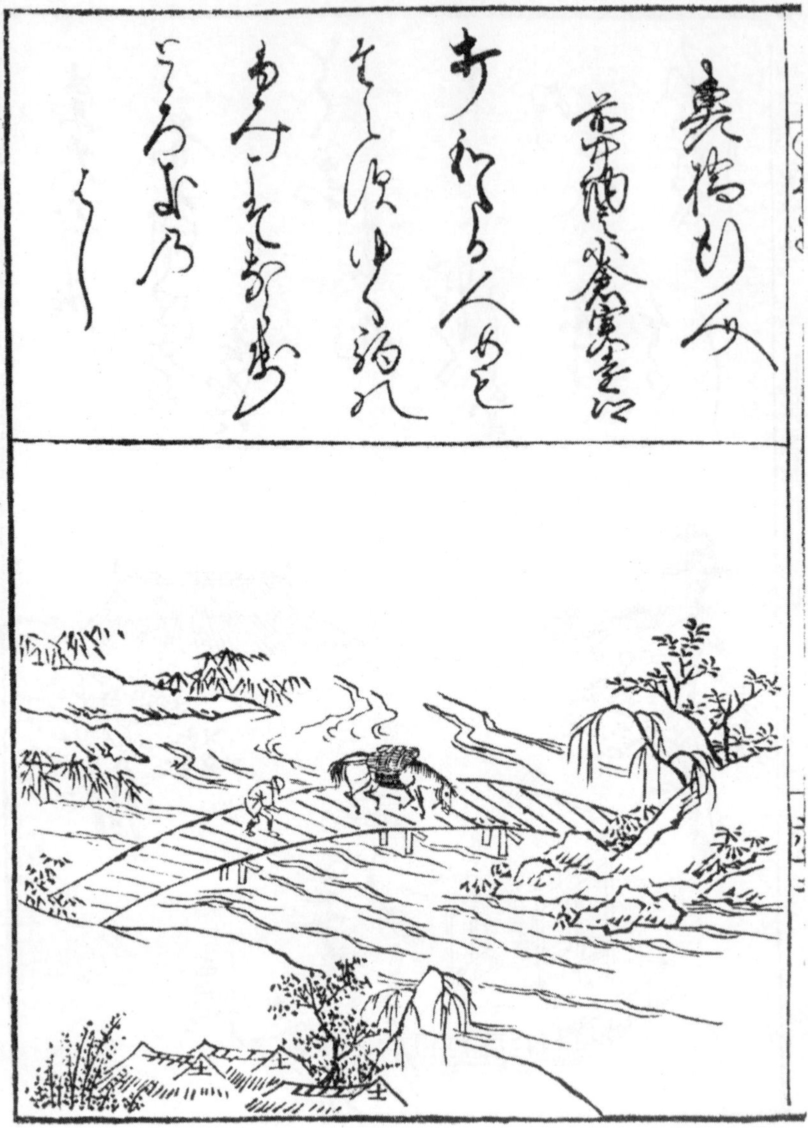

六十二丁ウ

中

○近江八景

粟津晴嵐

関白時嗣公

イ近衛三藐院信尹公

雲はらふ嵐に
つれて百舟も
千舟も浪の粟
津によする

六十三丁オ

中

勢田夕照

露時雨もる山遠くすきゝつゝ夕日のわたるせたのなかはし

六十三丁ウ

中

三井晩鐘

め川
きくおもふ
こうきん
ゐ乃あ
入ねの浅よ
の塾るらめ
ゆうく

六十四丁オ

中

唐崎夜雨

よるの雨に
音をゆつりて
夕風をよそにたて
たる
からさきの松

六十四丁ウ

中

八橋帰帆

まほひきて屋はせにかへる舟ならし
うちの濱を跡の追風

六十五丁オ

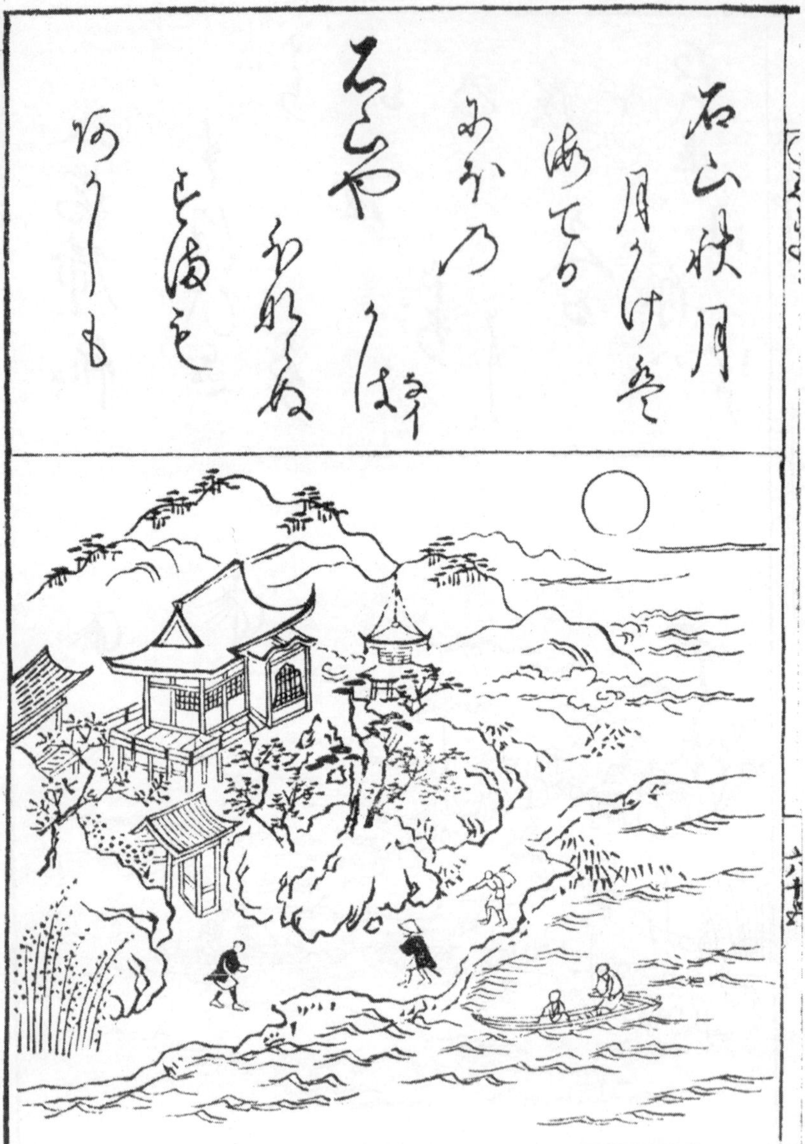

六十五丁ウ

中

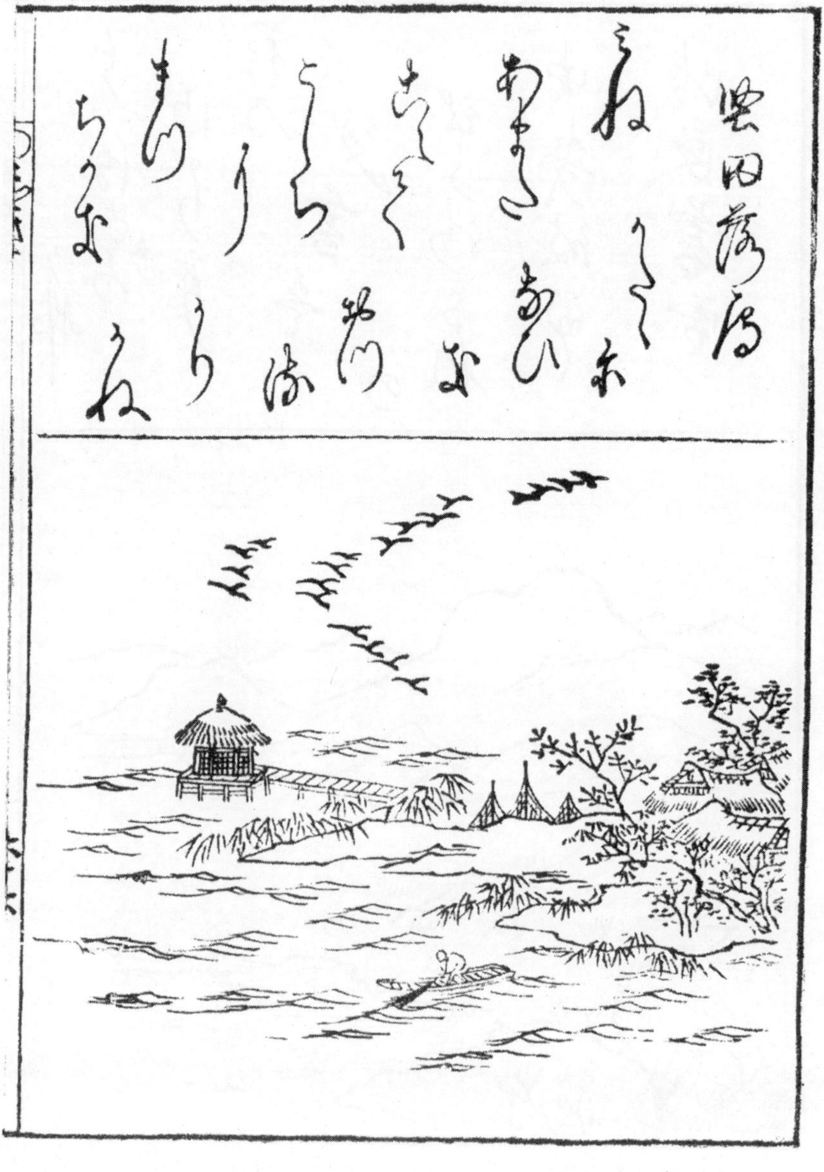

六十六丁オ

398

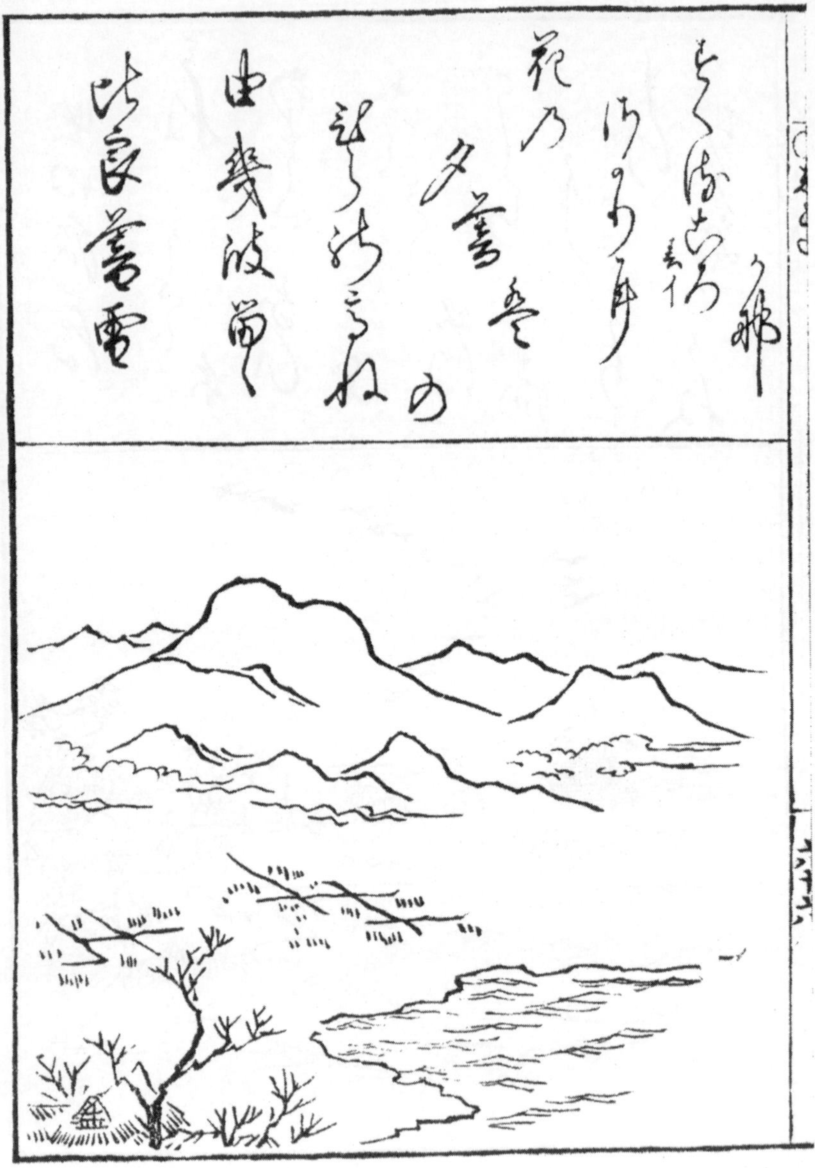

中

六十六丁ウ

中

○修学寺八景
村落晴嵐
智忠親王八条
夕嵐吹はらしてや
山ぎは遠より
さえ見ゆゝかつ民
里人

六十七丁オ

中

遠寺晩鐘

尭然親王 妙法院

あめのち[illegible]暮
なりけり
[illegible]
入相の鐘も[illegible]

六十七丁ウ

中

遠浦帰樵

あのむかり
今もゆしく
ともくと葉
とは
つまの久る山の月

花晃親王　照高院

六十八丁オ

松濤夕照

雅章卿　飛鳥井大納言

移りゆく浪の
夕日の雲のさかひ
松枝もひゞく
[illegible]

中

六十八丁ウ

中

茅檐秋月

資慶卿 烏丸大納言

山かめ

よしすみ

わつき

軒もれ

月を心ともし

志らん人やり

六十九丁オ

平田落雁 異説に
山里冬秋を
物かなしむるくと
鴈義の縁
流よりお
つれちら

中

七十丁オ

中

巌峯暮雪

雅喬王 白川二位

ゆふ晴る雪をもよへの
みねしろく 雲り
はれまなさかけな
山風

七十丁ウ

○源氏八景

ちくまの夜雨

逢くも逢ふしきく恋の御涙よひの夜すり
夜上みをとはく今宵もあよいよめの雨も降より
あさの世の中の涙ゆらとを濡り始手られあまちの
くもの雨ことも見え見えぬ雨流いくよらのきみ
流しの涙まくのかけの涙のあまとともとりあて
申ねるのもあくゆめしられいさつまね絶えとこし
こせんうしへるあくへおもひそとゆめしあつゆいそ
かうらとけてしこのいさしと打はされんしそめ

うしまれをしなへきる大事のはかりかねとは
とくよつきくやさうかし浮も見給かんとの
きてらしめしよかりく待うはなきらん父尊が
とのしそ見ずかあしめとおんまれは夢んしまれく
せらよめくし給へよ哉とはうやうに申侍そうなる
こ川しかとにらと紀らにしまへくをぬつとにふつ
くとをと紀まへかまいきれは二のまつりやを
さ哉へしめこもし浮て見係まつくさ海く
かはもれとをしそ給まれくまくはあまくみそれ
うかれはうかとらふ哉のにいひあはるもありとてし

なれよる比ともとものひとせあらしうかすかなりし
とおほえはしはしとされみくよろくまかきりは
しはらくとゝまりて給行

○須磨旅行

月乃空もされやとさしかゝる比あかしは大蔵谷
里をうとかきりし舞子蔵上給ひ行ひよし
く過てあつかあふ舞へうしとあひ中の給にて
都へくとし月のかなとをまわれはあ二子里乃事数
人のいとまへしみ家隆乃源氏く哉しをへ入るた
乃さの寄塚へ貴内宮くの給へせし移いかなる

なく成しかおりくれとも我身のならぬよりそ
あれは旅衣行なし心西れとあはぬ人の限
見る桜をも引散くさむあつ成庭の桜なをすれとも
○明石浦庵
海乃浜しいに光のかひしろく立れは浦そよと
みするさ波ゆみ寄てにあまくみちのとすすみはあらし
か
つしともせん人の文みゆかは物長年の二時をし
ちりくて縄乃数書風りひくまあひて物の翫し
ら露りせる松乃根さしもやへあるさ波寄り
前栽ともに虫の数々と流くしさうさくうしこ

中

わたさ海せつせ淀後ろすむともあすゆせてつうきハ
ひとしミなとく月いまてる松の戸ハきしよ
ちらさし雨雪さり

○松風帰帆

まつ川の賦ま舟ハあし縁もなし此外も良とふひを
清浦の船旁てらうりまいひと切わしくて
なかハ心もみえしはましくなくやすくあらあめうさ
里あら○なる今文りかつ沢も我はすひつ
さ世須ハうし末ハ少す見縁
かのさし此ひなりあし渡出舟のそむきし

○あつさ

七十三丁オ

うこにゐたる人ならぬ所に方
いくたびゆきかへりなどもてなしつきなり
の里くわうれんせんかたの風かくかくかきり
あはれ見まへといひたりけれ

〇 柳與暮雪

雪のいろうすまさりてぬれまさるらん人にかもなつ
松と竹とのあはひのをしくこゝろの夕暮に人の心
うつるもひとつ里てこゝのはしもつまさくとも人
ゆふとう流るゝ花もみちの盛なれとも見え
秋の色も身に月の雪の光ひとつあはひしるゝ影にそ所

中

七十四丁オ

闇しられぬなゐ乃男みしをて此世のかぎりを
まよくさひおもふ道すがしろさまあはれさものこう
ぬ身なれしを侍ましきあめしみひひを絶せ人
乃門つきしよとくく見侍す絶あ哀世給侍ら
く面太くさし出ゐひとつ見りて見てくこくさかし
かりし旅路てるお哉乃うけ給しうちりなる
もけく心まうしをひさく池乃水も空をいさ次
もとこゑにわしくる嵐して電まろりし世に家
なか山けなはもろしかし絶つきかも偶ませ
庵さく嵐なよりにかれしるさ海くのあとわらき道

きゞちけたえしのぬをうしな波ながれてくる
身なよあうわまゐらかみやまゐらさよあらく
もくまゐしるほとけさやあうちいさ紀い和
らいもくよ縁さひもし海よ扇れともおもし
てらしけら日ゆうけならけとおもうまる
えさんとよくつけられと無もそしうところさて
うふ給りかよへいひんうしのたとしあなをよあぬさく
知りとなりけり氏娘

○乙女被虐

稀てとせんひぬるやうなれとやもえみく金ゐう

はゝしに参りさふらひしとおもひけるはいかにさし
しらかみをもかねをはさして人のとゝをせんい
といはそくはしさふらひしにちかりてめ給
御かたは女房も同紙を御しらく川の壱の行ります
ちとしれなからそよ我く女房乃帰ことる数
の候のうみ御かよおさんおいらみをとらめく者
へしうそしりや重井の居も我しとやとひとり
とらかんけ乃ひとう藤う昔けなりいかしう
かきかしかされはさされあけさせ給へ小侍従やさ姫
らみとの給へとゝをせ次にめのとゝなりまいら

中

七十五丁オ

ひとりこし給ふ事ともとゆりしうてあやしく
はかりもひとり里に久しくなられは悲しくねましも
おしぬるあくきやめのと君ちらすちらく姫
あはうら見君ちらしもを恨しもれはうらみんは
をとせ給
小野宮殿のおほひ殿の御日記よき事は殊に秋の上参
○玉かつら 勝風
くれはみ君かたの御手て文の目もとをかひ書
し給ふ根風若かうちはかうに殊の御手ていとて
なきもはよ行とあられあるにともまかよ給流

中

しひさしけれはまさしくなん侍りもとうこ
きみと母ひとつはらとの人のむすめなりける
ふみよちて神のはありさ侍らくのおもても
あか侍しよかりしみかとの御心しおし
きこくまなとさけはかりそみえてさ手をのをしく
うれしかりぬ

○夕暮夕照

九月十日あまりの比の夕くれしよはあかつきこえしぬ
人まし、ぬるまやは野辺のかるのまつよきしねまくの
物をし露乃草葉もなるあれはきえてしほるゝひ

七十六丁オ

ちれまし給ひてうら兒と經の教ハ也すなはち念
仏者の教をかりして人のけらひにしたかく
むかしのやつひさの康ハ奥て難の事に
そてすみけんて富のひさみをせまろうに沒ろ一とも
いねともの中にもまてさら所くもうまうへ
なり蘇の教ハいとしや我よ人をせまろうし其
まみてうしかれてうちてあきひく苦しらの法
めこをよ侍保おとけまおきよるあさくうれしくる
の下より里人寄とうハ我ひとりめをやおうてちひ
いかし家をうさ西ろ身しとみかたきいぬ注てろれて

ましれハやうしくなりしうやいてきしうき紀撰の
物の名しさなりり並ハ乃書戸のまもに立より
あて名ハくおうめいてして書らまりあつかし
おほものかとしおほことまやうなるにろのらら
めいてとしうにとりてうけよかりしる夕日にむ
さすのにたかにやもあきしきはるおほせび
おわらとおくおかなとさしいかくしをそるまつ
とあそいうくれあし西にはしまれ

〇九品之和歌　　公任撰

〇きこえさ

一三三

上ノ上

411 あかしくせしめんの浦の釣舟に[illegible]これより乗[illegible]ゆかん

412 春立といふはかりにやみ吉野の山も霞てけさは見ゆらん

上ノ中

413 [illegible]

414 あふ坂の関の清水にかけ見えて今やひくらんもち月の駒

上ノ下

415 世の中にたえて桜のなかりせは春の心はのとけからまし

416 [illegible]

中ノ上

417　418　419　420　421　422　423

中

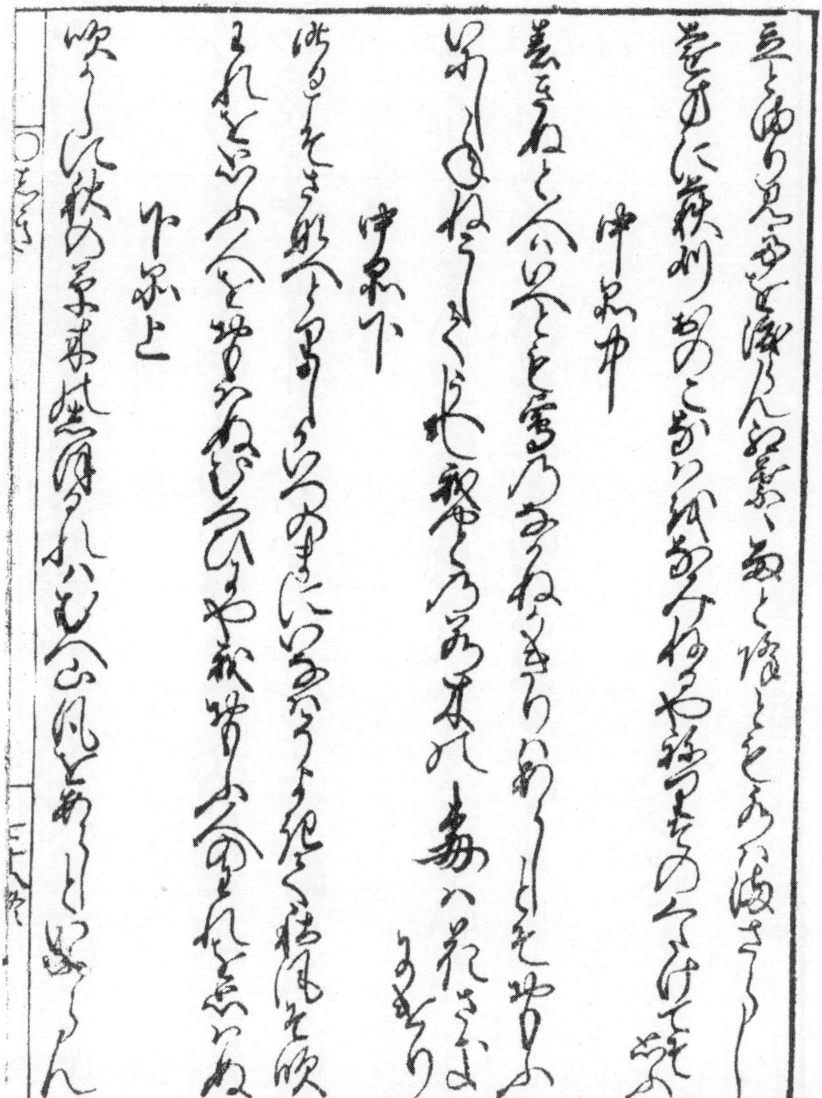

七十八丁オ

中

424 何しおの塩やとおもひし塩竈のかくと秋ハきえゆく

下和中

425 今よりハ人くさにうしむ花母ますふ枕ハ德しかりまり

426 わか駒をやゆるまいまきらぬまつんいまもとめくやまん

下和下

427 若紫みかつ紀ひとにあとかけハひ目より手まで秋ハきはまん

428 あつさらりことひつすみと深ハき深とはよそハ

歌う

も深ハ丁寧

いろふ

七十八丁ウ

中

中

裏表紙

下

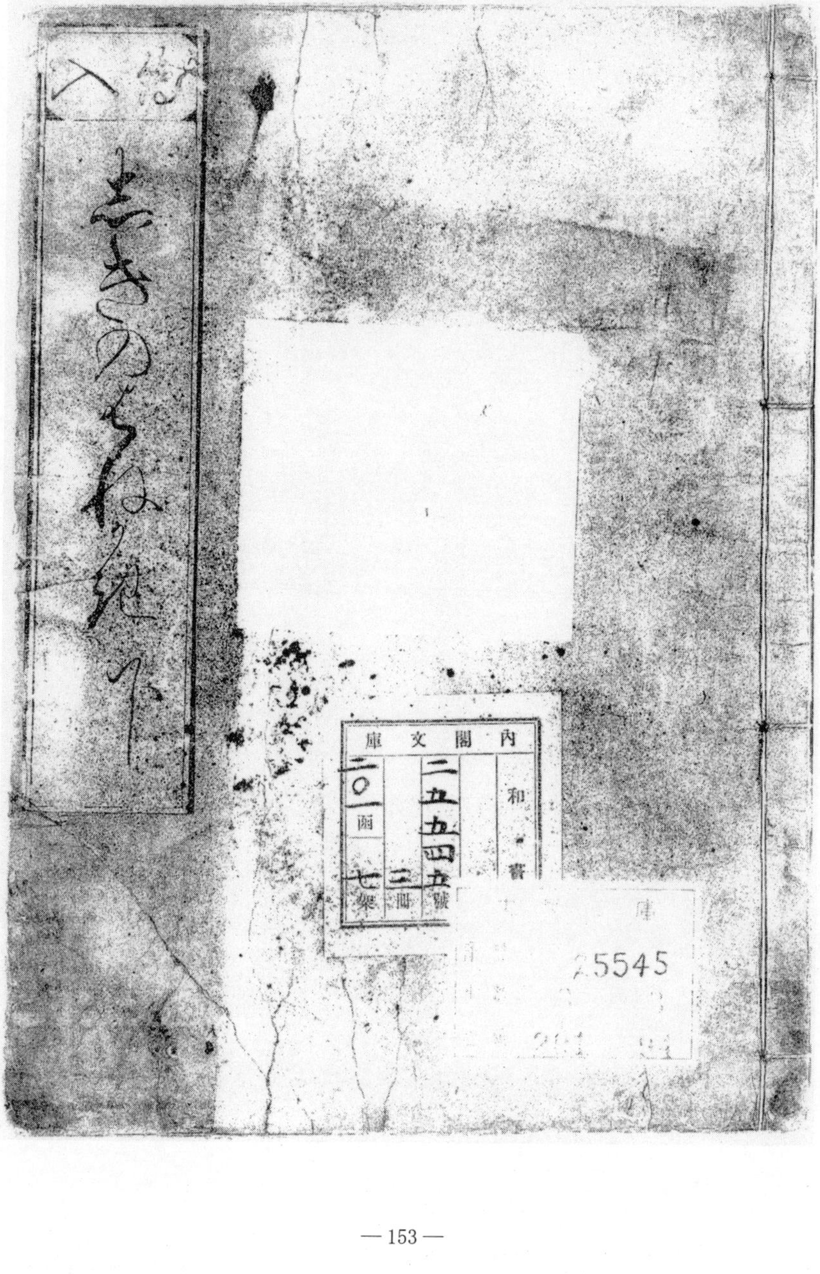

表紙

下

下

鴨羽搔十躰和歌

幽玄

[illegible]

[illegible]

[illegible]

[illegible]

七十九丁オ

下

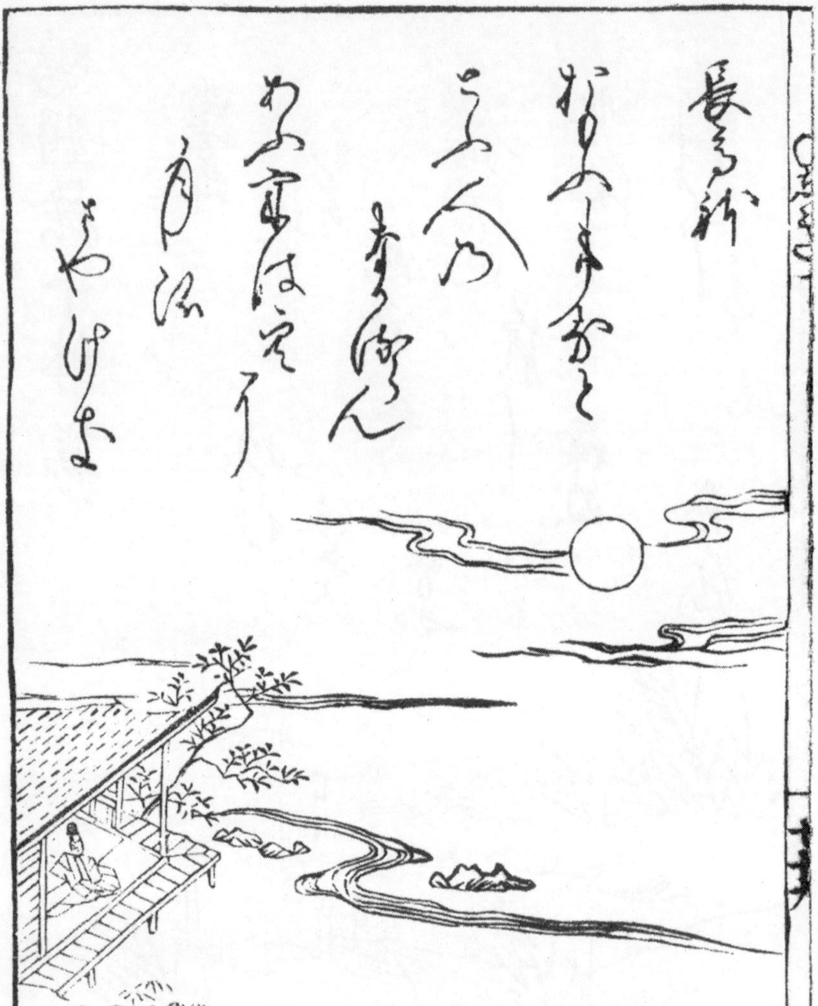

七十九丁ウ

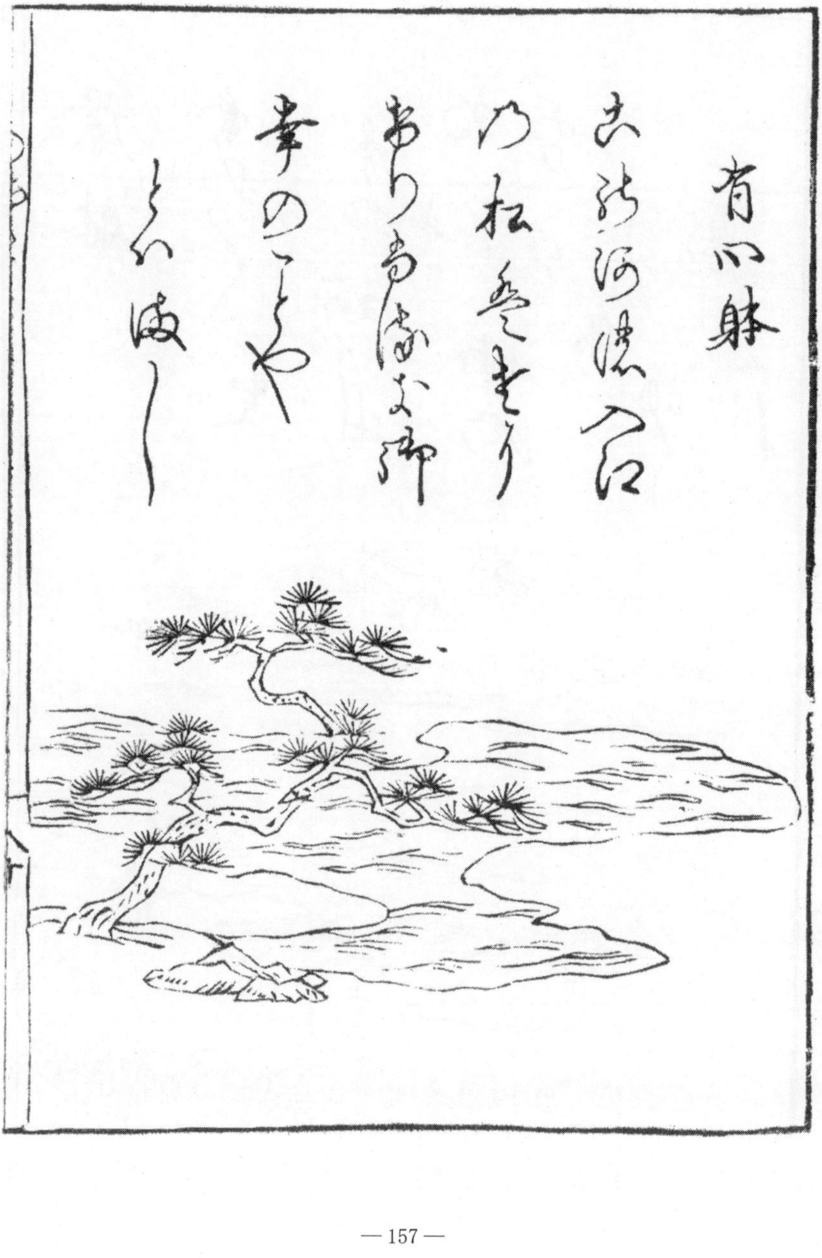

八十丁オ

羇旅

433

下

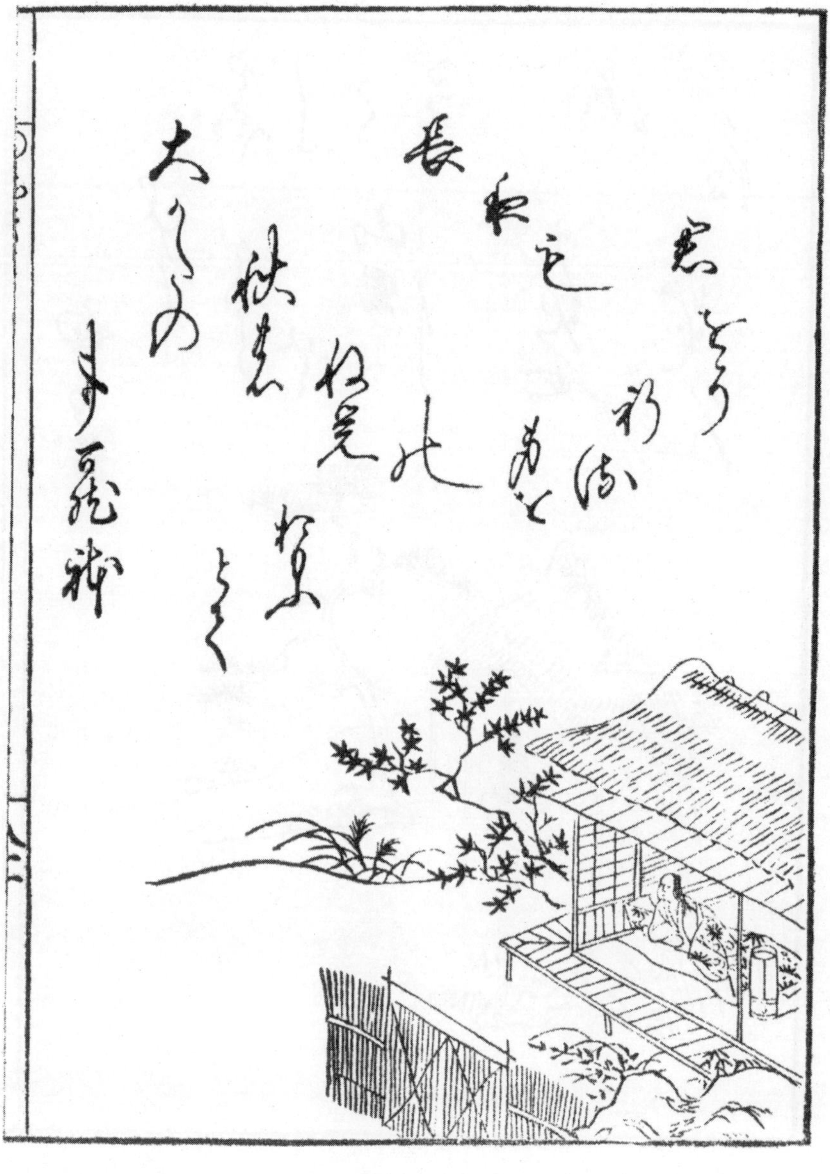

八十二丁オ

八十一丁ウ

435

下

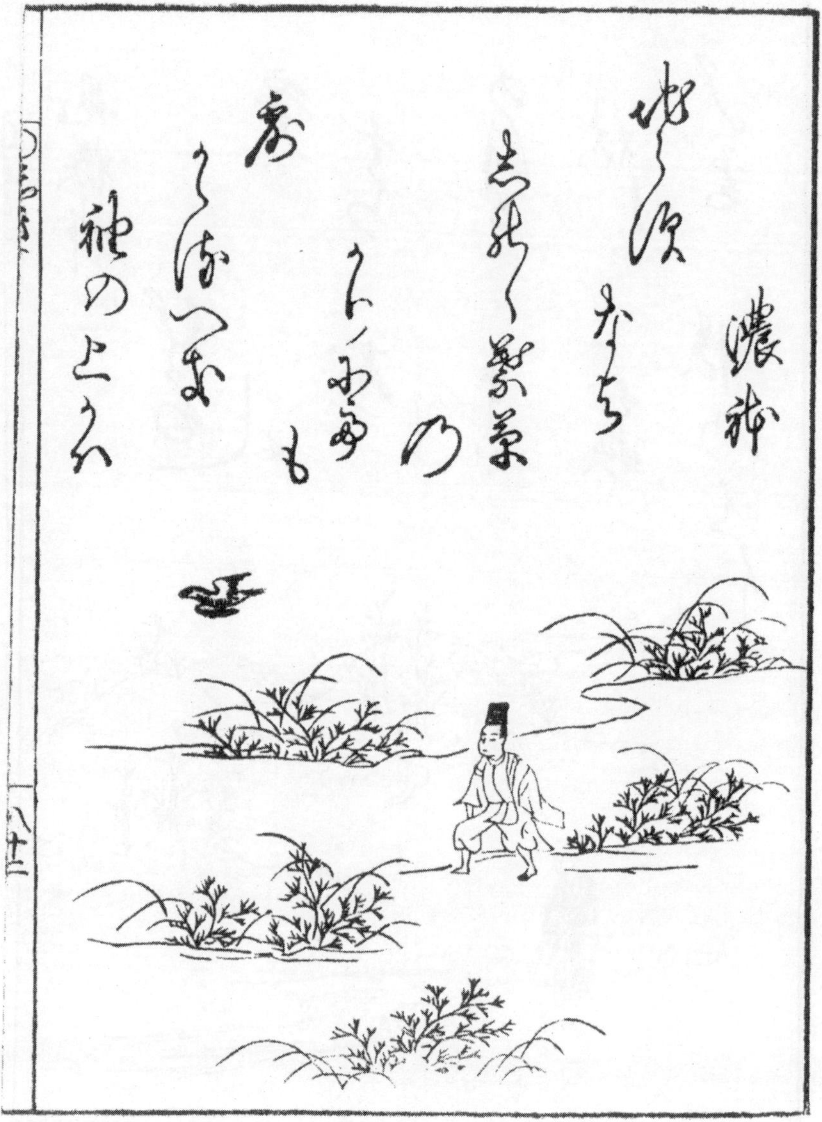

八十二丁オ

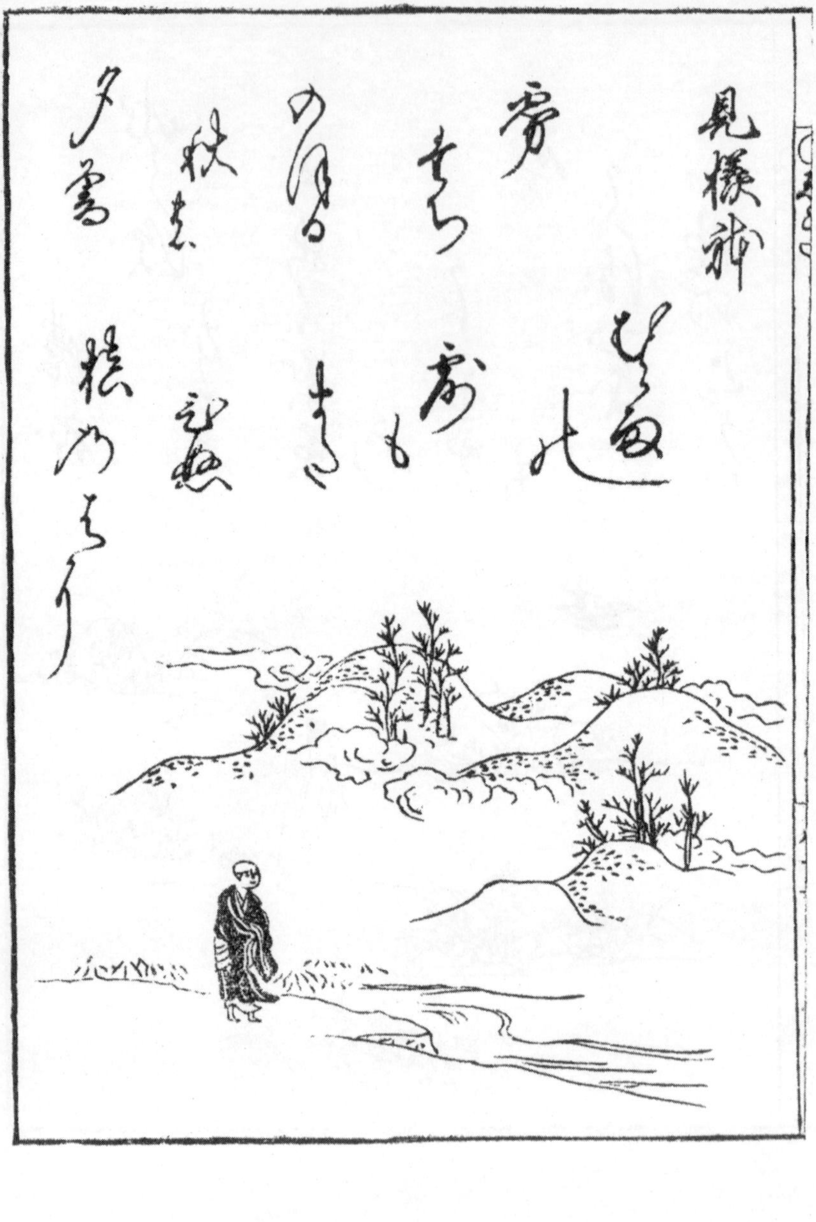

八十二丁ウ

下

肖一節衶ゝ波屋
きらくり波月
みをまくら河すれ
なむ松鳴く
とし波乃

八十三丁オ

下

八十三丁ウ

下

八十四丁オ

○十躰和歌

第一 幽玄体

439 こひ海をしるへの浪の渡りにも人目つゝみの消ぬかな

440 有明のつれなく見えし別より暁ばかりうきものはなし

第二 長高体

441 こほよりこえくるや風も見えつゝきや高砂の山のこれの白雪

442 猶りも更よ風の声をとわたるちかの浦の中にちはやふるさへる山

第三 有心体

443 津の国の難波の春は夢なれや芦のかれ葉に風わたるなり

444 ゆめかへしみぬ人の袖をみよとてやなほ月は屋よりもかは

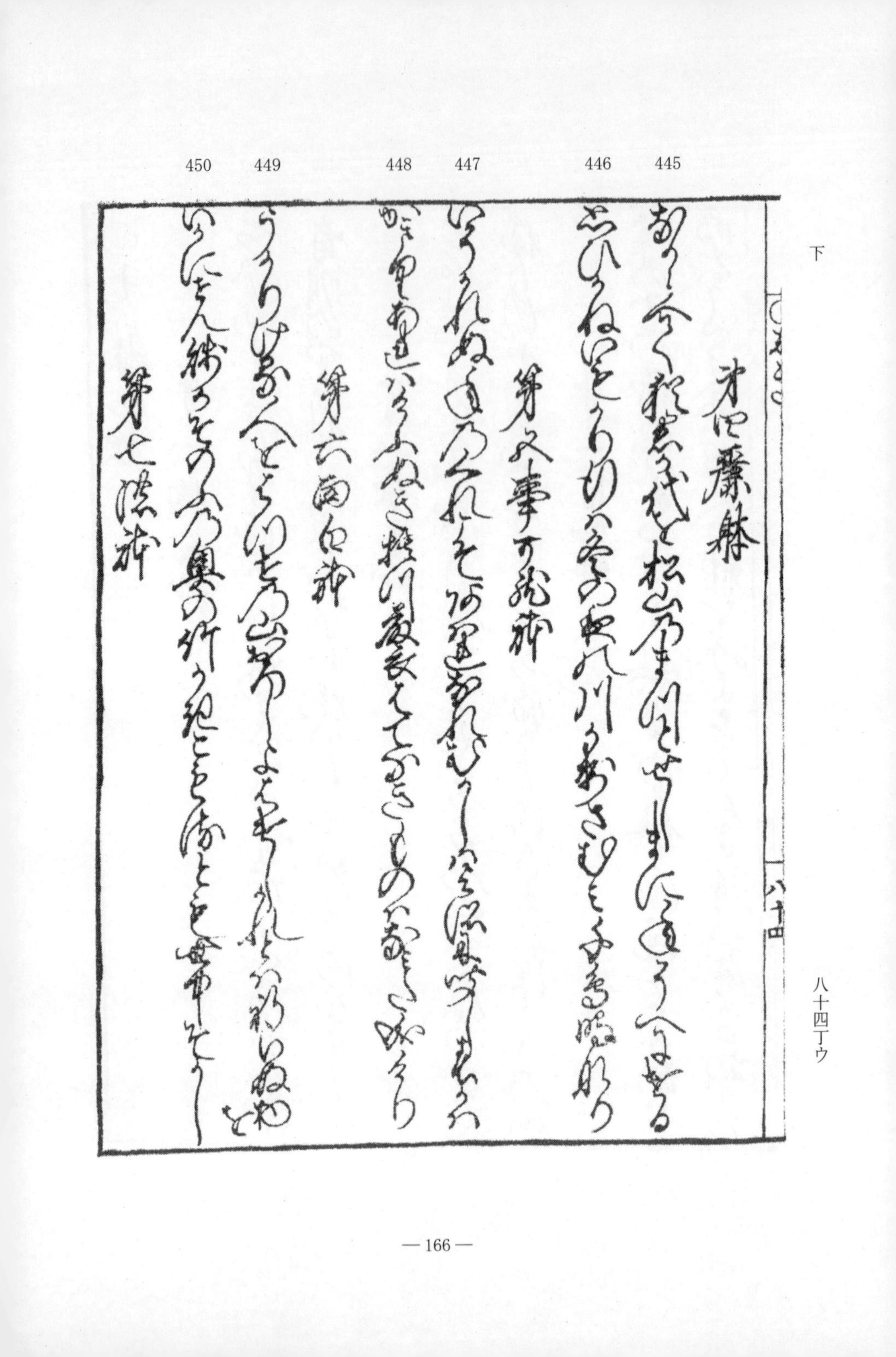

第四麗躰

445 [illegible]

446 [illegible]

第五事可然躰

447 [illegible]

448 [illegible]

第六面白躰

449 [illegible]

450 [illegible]

第七濃躰

451 旅立ぬ秋より外の霧も今朝程近き山までも月やとおもふらん

452 立かへる波よ来る雲わかれ行く岸のむら山よそに見えつゝ

第八見様躰

453 木の葉ちる山の冬枯れ寂しさや庵のひとり寝なまし

454 稲葉にし行きかふ峯の紅葉ちりて流るゝ川瀬の月の影

第九有一節躰

455 夏山くもる今朝の霧のはれゆけば木の葉のこる峯の松の風

456 秋風に月待つとても旅やなほ何とかくまの夕ぐれの秋

第十鬼拉躰

457 秋風や伊勢の浜荻吹きしほる夕山ねやせはしくもまた浜へ

下

八十五丁オ

458 さひしさよ惟てかねさとの東都んきの人乃覚ぬあとの雲の風

○十界歌

地獄　　　　　後京極

459 さめてひまとりつかまも消えしく幾世迷ひぬ都の紀糸の業

餓鬼

460 身をせむる人乃心ま燃ねて多紙世にも飽そ足れはてぬる

畜生

461 なれすみしゑかなしける心わき浮世のあとはいつるかなしさ

修羅

462 波立ちし心乃花風来はまて争しさき海のそこまできむなる

八十五丁ウ

下

463 人道
憂の世に月日をくらし明暮てみはえなくこゝろつくすや

464 天道
あくけしつ[illegible]をまつ[illegible]て[illegible]世[illegible]はかなき[illegible]

465 声聞
ちる花を見れハむしれ[illegible]鶯の[illegible]いはす[illegible]

466 縁覚
奥山にひとり浮世はさとりけり常なき色を風になかめて

467 菩薩
仏の身ハ一切衆生[illegible]のために[illegible]

八十六丁オ

佛界

468 くもりしもいさ我しら晴つきて今そ心をなくさむる月の秋

○十如是和歌

如是相　　後土御門院

469 まよひこし心のねかふ法の道まかむなしくもかけぬ世もなし

如是性　　前内大臣

470 色はさし春の風にて吹とても露我まくの末もしられる

如是体　　洞院上臈

471 松をみる所はなきもたとる心に深きにたかはぬ我やなん

如是力　　中院一位通秀

下

472 世の人の思ひしは女の心も老の秋かくしきせしは男とかはらん

如是作　海住山大納言高清

473 鶴の子の世のことはりを知りてとても心の浪はつきものこし

如是因　按察使親長

474 ひとへによき道もちすゝめ世にかゝりてこそ人の種を蒔かん

如是縁　侍従中納言実隆

475 よしやこのむかふ心ともさきの世のえにしも道はとぢひらかん

如是果　□□宰相中将季経

476 うくも身はこの世ばかりの思ひかは後の人や何とおもはん

如是報　姉小路宰相基綱

八十七丁オ

477 はるの花なそめぬ心をおもひて人なみ〳〵の花とはよしさね(?)

如是本末究竟等 古澹

478 さぬまかさくをとへは風にやちる花の色をこそ思へ(?)

○詠花鳥倭歌　各十二首

參議藤原定家

後仁和寺宮花鳥の歌めし給ける(?)

かく花鳥ともの紙あるさへ家の(?)

のましにありくくは今よみてもまる(?)

題よみし地(?)はしらへ(?)

480　479

下

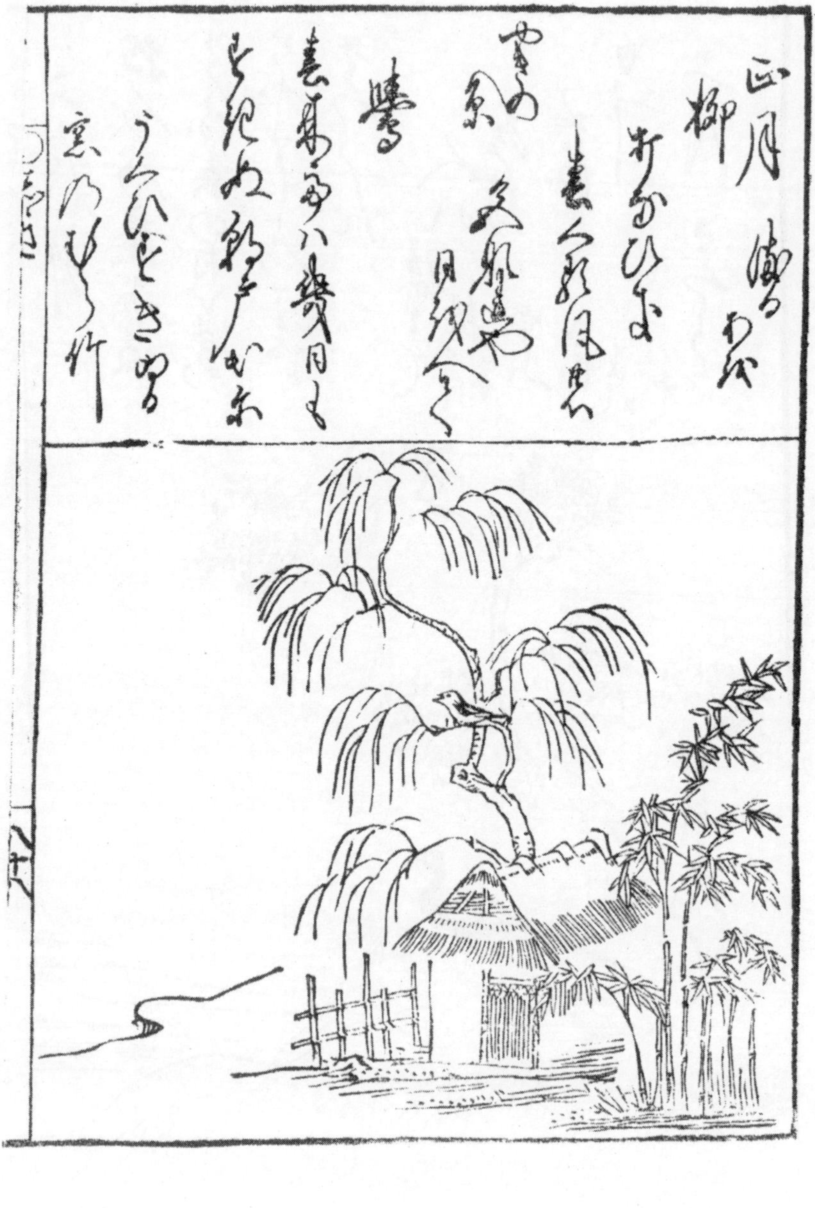

八十八丁オ

482 481

下

八十八丁ウ

483

三月藤

484

雲雀

八十九丁オ

485

486

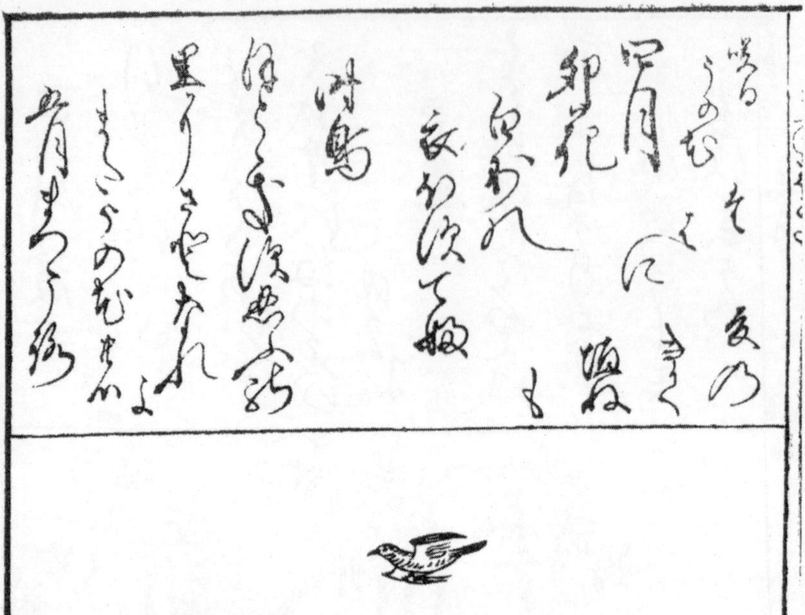

八十九丁ウ

488　487

下

九十丁オ

490 489

下

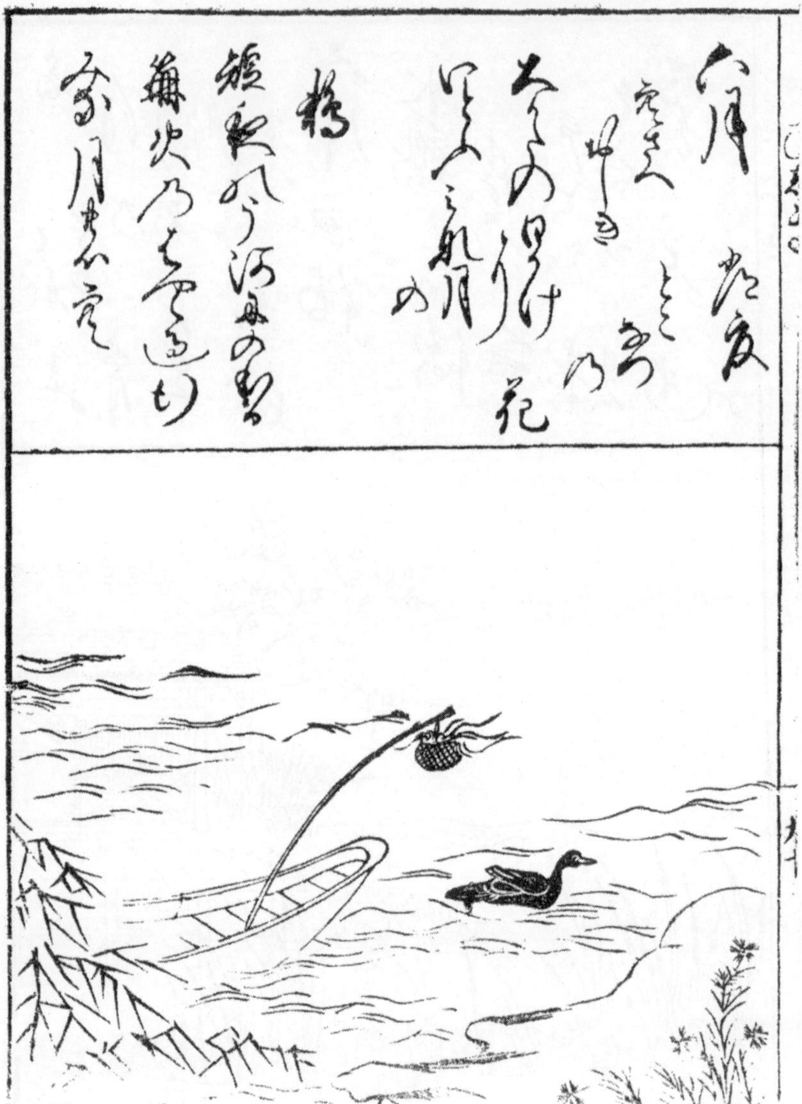

九十丁ウ

492　491

下

九十一丁オ

494 493

下

495

496

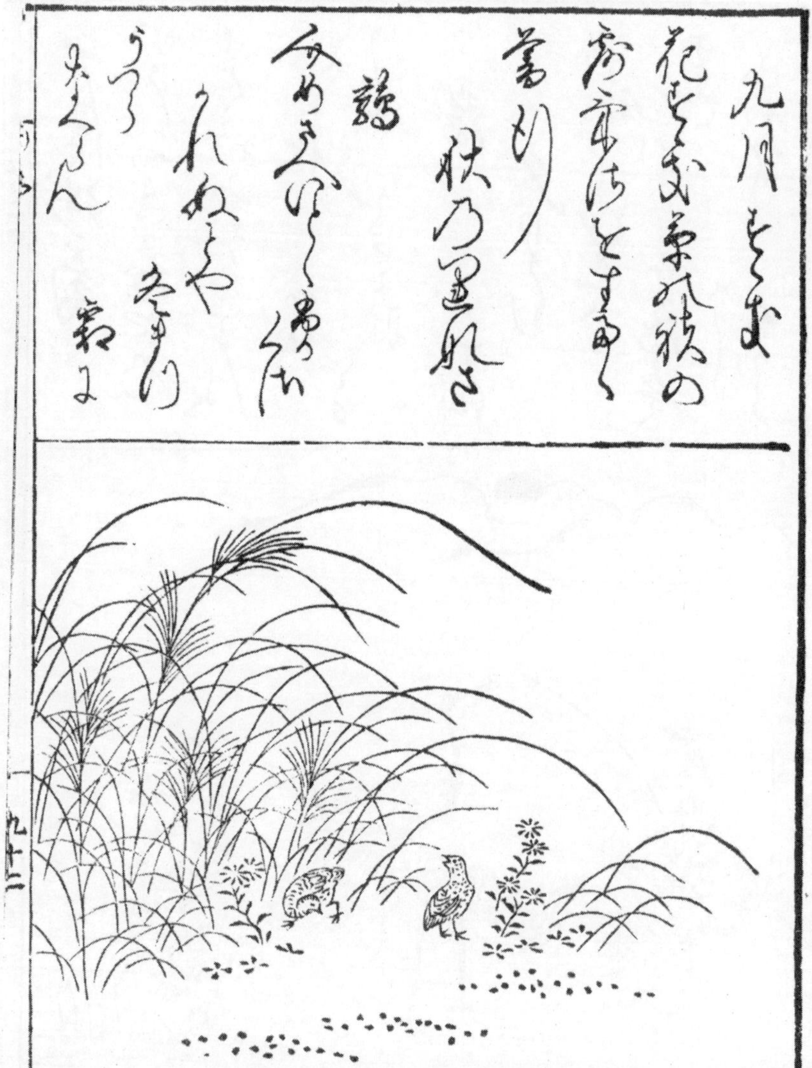
九月

鶉

九十二丁オ

497

九月残菊
かれつゝも霜の
きくのみかはは
秋の 行衛 をとろ
まよ
しらぬ身

498

露 すゝ
夕日かけ
時雨の ひまてる 田の露毛
雲そ さし
山のはの かゝる

500　　499

下

十一月　枇杷

冬乃日ハ木草のこさぬ霜の色を
葉かへぬ枝の花そまかふる

千鳥

鵆なく賀茂乃河瀬の夜半の月
ひとつにみかく山あゐの袖

九十三丁オ

下

502　　　　501

十二月　しはす

早梅

色うづむ垣ねの雪の花ながら年のうちよりにほふ梅がえ

水鳥

ながめする池の氷にふる雪のかさなる年ををしとし [illegible]

九十三丁ウ

十二月和歌　鳥山近作亭

正月　人のもとより梅の花をおくりけるに

稲雅

咲しぬ花もしぬ
雪とやおもふ
浦の梅さへ
なかなか
春の朝霜に

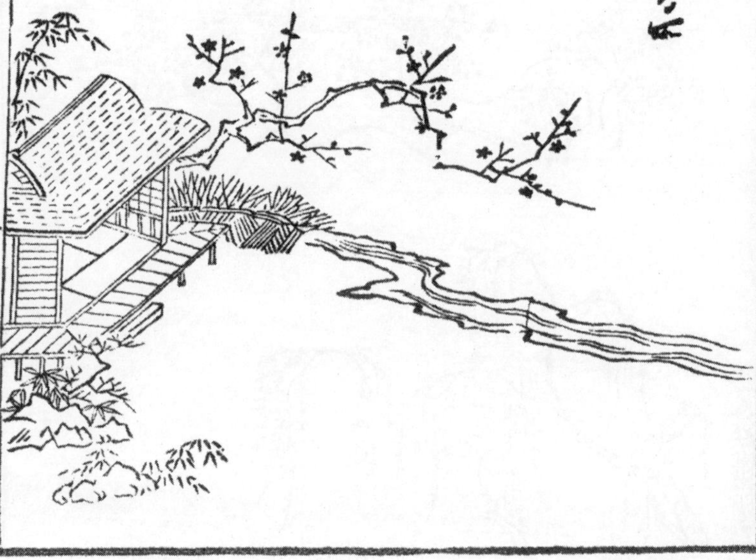

二月　柳と桜は嘩しと題す

冬嶺雅水　兄弟　鹿流

山桜とうひとつ気持の湊花の柳のまて(ゐ)ちるらし

三月 松に藤かゝりたる

左中将持為

[illegible]

[illegible]

[illegible]

[illegible]

[illegible]

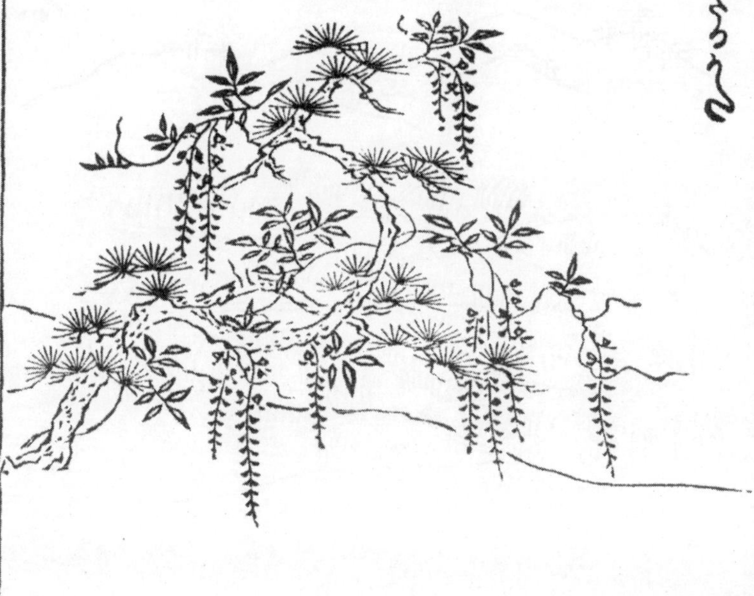

下

四月まで苗えまうしけるに

右中将雅親 飛鳥井

法眼宗雅

うしわのみまへく
早苗とりもるくと
春れぬ風は
見えてもなしき

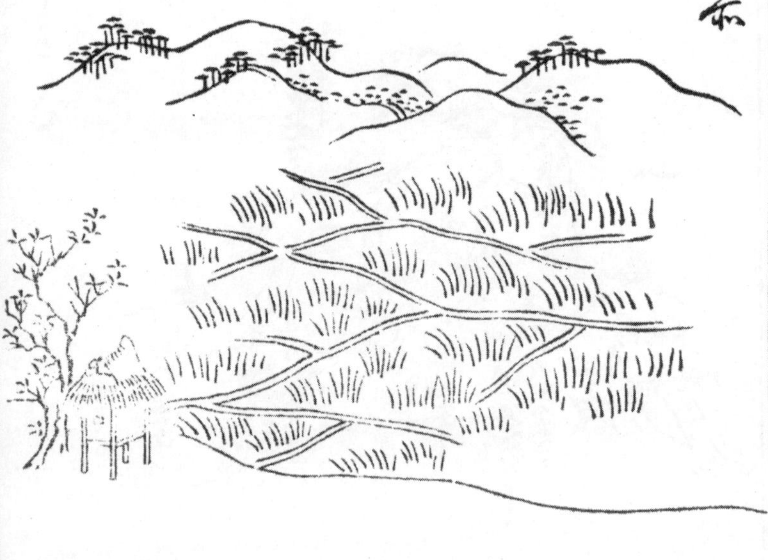

九十五丁ウ

下

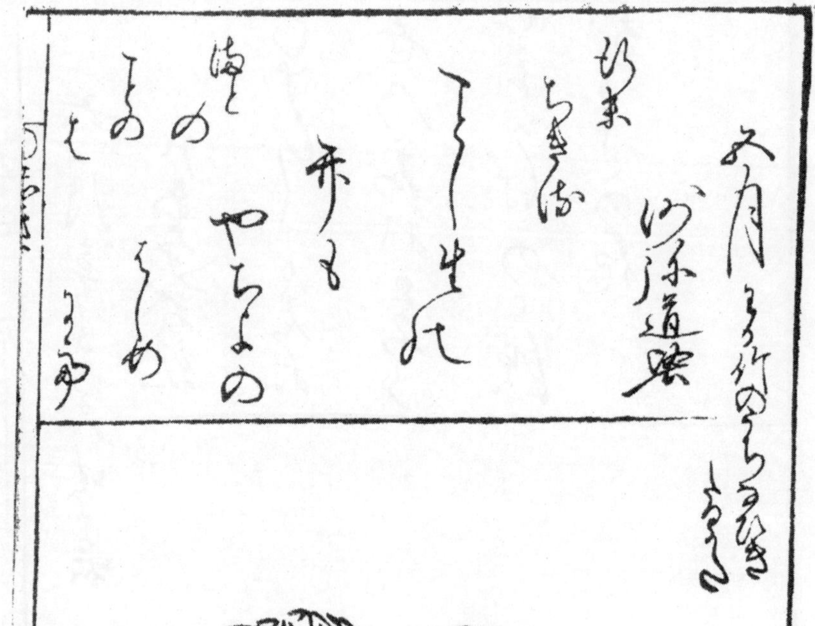

九十六丁オ

下

六月なでしこの多く咲る所

左京大夫教親

むすびしもかねぬ
世乃ためならで
をとうけのこ深
なでしこの花

九十六丁ウ

七月

桐の木にちりける一葉もあり

釋正徹

[illegible]

下

八月　萩の咲こぼるゝころよ
さかり
橙の儒部竟孝
宗
蕭
家り
めゑ
風に
ととちかひ
萩とみて
萩を
うしやむ秋の

九十七丁ウ

下

九月　ことしのかけふは菊咲

沙弥常祐　今川
宗信氏実

われく
はやきを
まちとらむ
めづらし菊を
うれしさの
わすれねあての

九十八丁オ

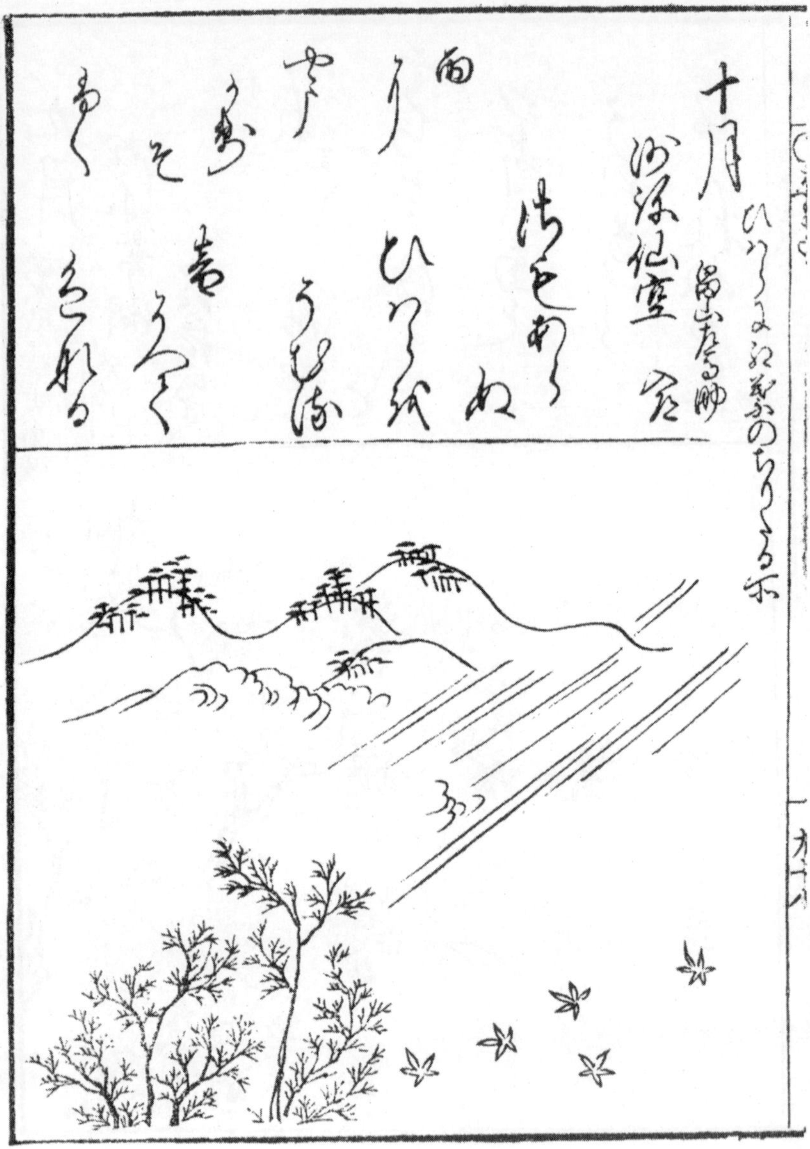
十月

下

十一月

[illegible]

藤原實良

[illegible]修理大夫

[illegible]

九十九丁オ

下

十二月　雪の内より梅咲たる家

釈正胤

ふらもまちき
の雪の
花のいろを
と
さらに
梅ひらくなり

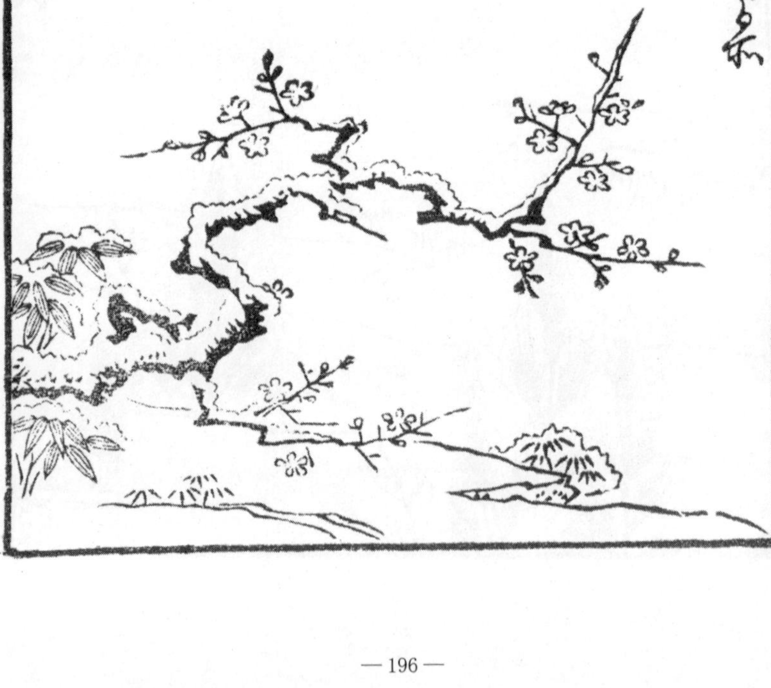

九十九丁ウ

○女一代集巻之下　雑枝

古今集　大巻　在原元方

515 年の内に春ハきにけりひとゝせをこそとやいはんことしとやいはん

藤原敏行朝臣

516 千早振加茂の社の姫小松よろつ代ふとも色ハかはらし

後撰集　大巻　藤原敏行朝臣

517 ふる雪のみのしろ衣うちきつゝ春きにけりとおとろかれぬる

紀貫之

518 あらたまのとしの暮れハ我見人のかやいにしくとしくおもほゆれん

拾遺集　大巻　壬生忠岑

519 春たつといふはかりにやみよしのゝ山もかすみてけさハ見ゆらん
うくゝし緑をとゝめけくゆるへしをて匂つる

520 いにしへやまミのゝ月のかけそれる大宮乃人かきをとすれ給ん

後拾遺集 春　小大君

521 いかにねておくるあしたにいふことそきのふをこそとけふをことしと

赤染衛門

522 さもはのゝ雪まをわけしかしらくハ霞らにつけてあかすはかりそ

金葉集 春　修理大夫顕季

523 うちなひき春ハきにけり山河の岩まのこほりけふやとくらん

源俊頼朝臣

524 七十にみちぬる潮の濱ひさきひさしく世にもむもれぬるかな

詞花集 十巻 大蔵卿匡房

525 おみ[illegible]けて[illegible]よする[illegible]

登蓮法師

526 世中に人のこゝろの[illegible]するかりあけの月

千載集 十七巻 源俊頼朝臣

527 春の[illegible]しの[illegible]世は霞も今日そ立ぬる

藤原光範朝臣

528 千とせに神の代させるさかき葉の[illegible]

新古今集 十九巻 後徳大寺左大臣

529 三吉野乃山もかすみて白雪のふりにし里に春ハ来にけり
後京極摂政

530 庭の面はくもゐのさくらちりぬともひかりの山へやちるらん
新勅撰集奏覧　御製

531 わか君の千代をかさねて喜をあつめてそ君かよをいはふ
大僧正親厳

532 祝ふ日の君かちとせをかそへしも世々の松の千とせをそみる
続後撰集奏覧　前太政大臣實氏

533 君のみか万代かさねやよしの山霞にけふの春のきつゝも
正三位経家

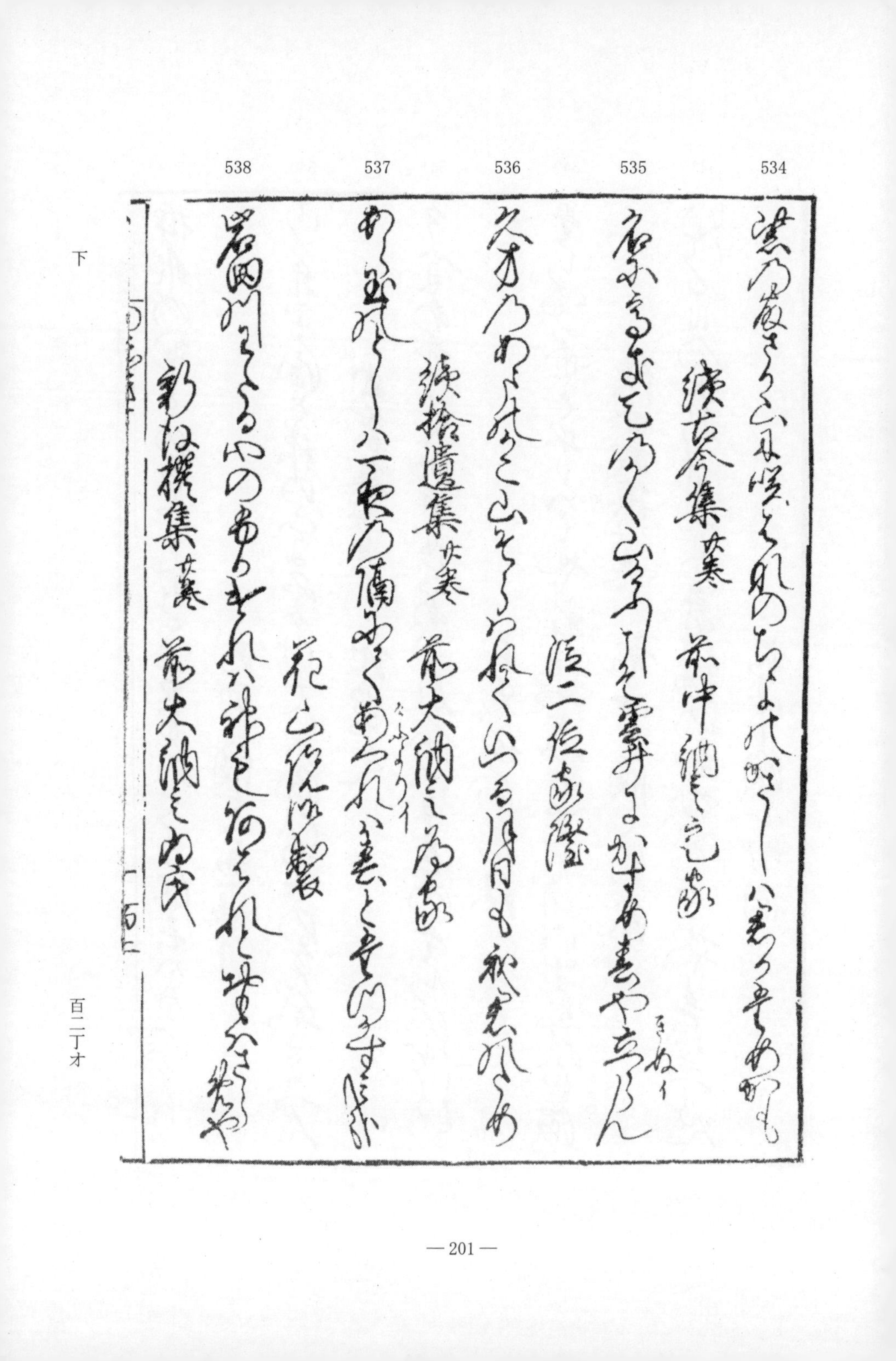

下

534 雲乃波さらに山は咲しられ[illegible]

続古今集 廿巻　前中納言定家

535 [illegible]（きね イ）

従二位家隆

536 久方乃月[illegible]

続拾遺集 廿巻　前大納言為家

537 [illegible]（たふかう イ）

花山院御製

538 岩田川[illegible]

新後撰集 廿巻　前大納言為氏

百二丁オ

539 梅花のかをとこの夜あけけく若あれそら春なきにかり
前中納言通俊

540 たつ年と海を秋のこよあけていの霞ひつきの音やさえん
玉葉集 廿巻
紀貫之

541 なを年あ雲かく此日本に数ならぬ人の年春の世にはしまる
前大僧正慈鎮

542 世をわたる世と思ひからや秋風やみをすそ川のすゑの白浪
続千載集 六巻
権中納言定家

543 いたる月の光にもえぬ霞の海のあみのとゝやはるはきらん
権中納言雅綱

下

544
まいハ每て心のまて風なよひみをせよ我万代の色もかきりし

続拾遺集 大嘗　前大納言為世

545
今鳴よるや春のねの人あし〈とう〉
……かきむ[illegible]

鎌倉右大臣

546
ゆくすゑの松の根のいく代経ぬる浜松かえ

風雅集 大嘗　前大納言為兼

547
足ひきの山の白雲をわけ〈まふ〉〈とわ〉
……かへりしらす

正三位隆教

548
岩戸あけし神の鏡の山をかけて今もさやけき世〈よ〉

新千載集 大嘗　皇太后宮大夫俊成

百三丁オ

549 春やとき川霧はれて此桂のわたりに霞みわたれるよもすから
　　前大納言俊光

550 いにしへ木やもちすゝる色をつゝやはまゐの里ハゆきをかせり
　　新拾遺集廿冬　中納言為藤

551 ぬるゝ袖よ志てをちこちの岩戸の関を春やこゆらん
　　権中納言公雄

552 大井川くたすいかたのひまもなくねはふとまきし御代まても
　　新後拾遺集廿冬　前大納言為定

553 さゝ浪ハかすみ渡りて久方の風の井ちかふに春やとめつらん
　　儀同三司

554 君か代ハちよきかもくらし石と世をすへり舟おちて乃雲かゝる
新続古今集　廿七　権中納言雅縁

555 春さねといそくの雪乃あるまゝ紙よ色にいてそゝさくの野辺は
後福光園摂政太政大臣

556 あのむられ松の葉原乃あらしより秋の音あらし　あまは江し　あをへの

○廿八代和歌
照子東方　序不　御製

557 頼しあしかあれか浦山の坂乃関の戸あけてこそなかめかり
後法興院実相方伎不　智仁

558 見さく豊ハもまへとのとみねなさし海て仰かれ人はかの寒ね

下

百四丁オ

559 悉是吾子 譬喩品　貞清
世の人乃心の闇をもまよはしへおなし御法乃子をもちね

560 浄仏国土 信解品　好仁
今日乃世ハ仏乃国の荘厳乃世よりも清らも人ハ心なりけや

561 現世安穏 薬草喩品　忠栄
今そ我世を捨なは世乃花よりて月をみしも雪乃朝

562 心尚懐憂懼 授記品　良恕
ちかひをもてなき法乃こゝろをきゝつゝきのふはけふを思ふ

563 權化化城 化城喩品　常雅
諸人乃宿をしはしかりの宿りとて我もしはしの宿りとやへぬらん

564
内秘菩薩行 五百弟子品　覚性
なにさとは人にしらせんころもうらにかけしる法のたまそありけり

565
我願既満 人記品　良純
ねかひまてさしにこゝろもとものかねてひさかる法の声して　八

566
法華最第一 法師品　従晃
とをさけるこのみのたのしけきかたにまことの法の花そさくなる

567
立七宝塔 宝塔品　覚純
しつかなる海のひかりにあらはれて法の花のうてなそてらす

568
諸女成仏 提婆品　実源
をとめ海の底のみなかみもうき世のはちしくみゆる雲のはな

569 我不愛身命 勧持品 資勝
よしなれや法のためには人のあはれさの命は何かをしまん

570 常有是好夢 安楽行品 光廣
まことをみし法の夢の夢ちかき川の瀬々にもなかなかの世を

571 我常遊諸仏 涌出品 總光
まくひろき法の里の花はちりそめし法のあまねく風やふくらん

572 常在霊鷲山 寿量品 季継
をしへをもなかなか法をこそ鷲の山たえまなくひの雲もかゝる

573 不久詣道場 分別功徳品 實條
雲霧のさゝりあまねく法の庭にやかてはわれも月をとむらん

下

574
如是展転教　随喜功徳品　光慶
世をわたむそよめくる法ときく人の五十の後をさそ来ぬ世まてよ

575
唯獨自明了　法師功徳品　通村
をしへのひとりのみ見る月ハいて人心さそりこそなし

576
我深敬汝等　常不軽品　兼賢
いかにしてうやまひ深き人をさて仏の道にえこそあるを

577
即已成就　神力品　業光
あかしも池のちらさぬひくまうかゐる法をよはめし

578
各還本土　嘱累品　氏成
さとめくハ元の根よりへ人をもしへまはつの法のむかしかん

百六丁オ

579 如渡得船 薬王品　寂守
舟人のせよりわたすはかりの岸にゆくもはやくまさらん

580 不鼓自鳴 妙音品　時直
とるなし世へあそふ糸の音よりやは法の花の咲ぬらん

581 心念不空過　永慶
わするにおくともかし露のさしも草さしも糸のむすきちかひは

582 無諸衰患 陀羅尼品　雅胤
とく法のみちさちのひとを咲えてはあめのされはうき代まし

583 出家所修門 厳王品　光資
ゆるされぬまくら出はいまたへ世にちらねとも法の花をはなちてまし

百六丁ウ

北礼向去 勧發歟　　信寿

584 きえやらぬ清滝のみなかみまよひてや秋のよの山にふけかへるらん

○俊成卿九十賀和歌

霞　　摂政

後に撰

585 春霞しのはらわけてよくいくかすむらん河しものやま

若草　　御製

586 下もえの春日のゝへの草葉にもきえぬ雪のふる道

花　　有家朝臣

587 くもそれは桜かも山桜あすは雪とも花はちるなし

郭公　　前大納言忠良

下

百七丁オ

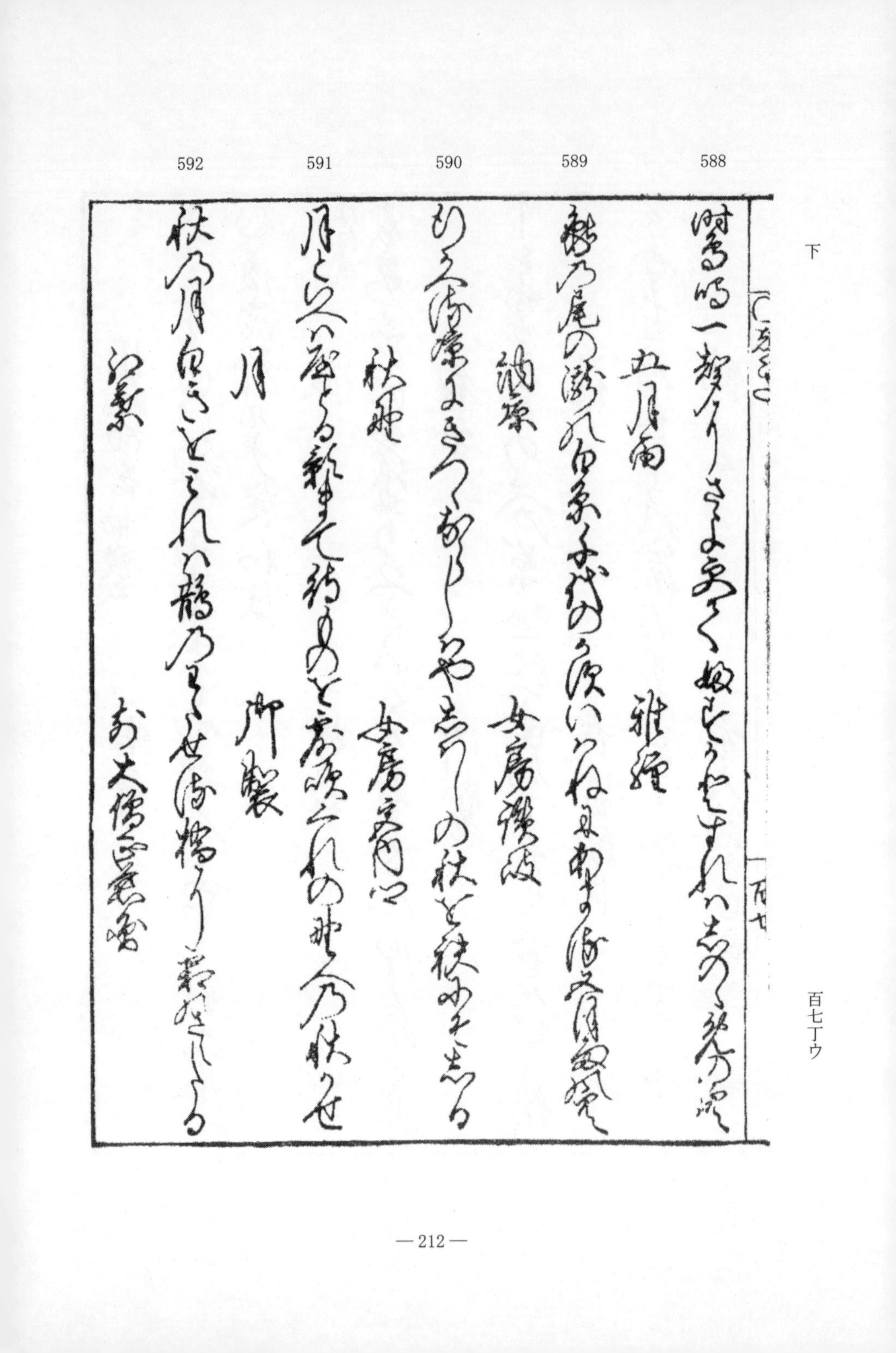

588 時鳥鳴一声[illegible]

五月雨　　雅経

589 [illegible]の尾の滝の白糸[illegible]

納涼　　女房讃岐

590 [illegible]

[illegible]　　女房宮内卿

591 月と[illegible]

月　　御製

592 秋乃月[illegible]

[illegible]　　前大僧正[illegible]

593 敷かへける心の色をまれにてはかの蓑にはつるとしもの跡ぬれぬ
子為　女房丹後
594 新千 きくはなけ秋ともむつこの冬となるかし風の里かせのかせ
初　俊成女
595 円 秋過て風もしらまの雪山をひかりにさやく冬の初月
雪　元家朝臣
596 円 花山の梢もとをかれぬる雪の木の末にしかるかのひかりをそ
之海

百八　冬

下

百八丁オ

下
百八丁ウ

元禄四年辛未正月吉辰

書肆

吉田三郎兵衛
伊藤平八

下

下

裏表紙

解題

一　概　要

　ここに影印したのは、元禄四年（一六九一）刊行の『鳴の羽搔』である。底本には国立公文書館蔵内閣文庫本三冊（二〇一・九四・一―三）を用いた（縮小率は約八〇％）。

『鳴の羽搔』はジャンルから言えば歌集である。しかしやや特異な意図に従って編集されている。すなわち〈名数〉――ある範疇に属する名称のうちの顕著な事例を、数を限定して挙げた語彙――あるいは〈数量〉にかかわる和歌作品を取りまとめ、数を追って配置・構成している。収められているのは、「三躰和歌」「三夕和歌」をはじめとして「六歌仙」「八代集秀逸」「八景和歌」「九品和歌」「十躰和歌」「十二月花鳥和歌」「廿一代集巻頭巻軸和歌」などを含み、「廿八品和歌」「俊成卿九十賀和歌」（いずれも上巻目録掲出の標目による）に及ぶ。おおむね古代・中世の著名な和歌作品であるが、中には「廿八品和歌」（寛永五年〔一六二八〕東照宮十三回忌法華廿八品和歌。後水尾天皇・智仁親王・烏丸光広・中院通村・近衛信尋らの詠）のように江戸初期の作品も混じっており、それぞれの資料の享受・流伝を伝えるものとして、言い換えれば、元禄四年時点で選び取られた所収資料の伝存状況や各本文の性格を映し出すものとして、資料的価値は少なくないであろう。

　本書の編者は今のところ不明。後掲の刊記のほかは、序跋や識語の類も伴っておらず、編者を探るための手掛かりは少ない。現存伝本から見ると、いわゆる板本の写しと推定される伝本（後述）を除けば、本書の写本類が早くから伝存していた証跡は存在していないから、先行する成書に依拠したのではなく、元禄四年時点で某人が現在の構成に編集、ところどころ絵をも挿入して梓行したのだと考えられる。「鳴の羽搔」という書名もまた同じく刊行時に付さ

れたのではなかろうか。その書名は、古歌、

暁のしぎのはねがきももはがき君がこぬ夜は我ぞかずかく　（古今集・恋五・七六一　よみ人しらず）

による。恋人が訪れて来ないまま幾夜も切なく過ごしていることを、明け方、しきりに羽搔きをするという鴫（しぎ）になぞらえて訴えた恋の歌であるが、一面では「羽搔（か）き」「百羽搔き」と「数書（か）く」とを詠み合わせた修辞的な歌でもある。「もも（百）」の語にも見られるように、修辞的な連想の核になっているのは「かず（数）」である。そのような古歌の表現を踏まえ、それを読者にも想起させるべく、名数にかかわる和歌を集録する本書の表題にふさわしいものとして「しぎのはねかき」の名は選ばれたのであろう。(1)

本書の伝本は一冊本・二冊本・三冊本とまちまちであるが、本来は上中下の三巻三冊本である。初刊の元禄四年板本は次の刊記をもつ。

(a)　元禄四年辛未正月吉辰　　吉田三郎兵衛
　　　書肆　伊藤平八

また、(a)の亜種とも目されるものに、

(b)　元禄四年辛未正月吉辰　　吉田三郎兵衛
　　　書肆

のように、(a)から伊藤平八の名をやや不自然な形のまま削った版もある。ただし刊年の記載をまったく同じくして書肆の名の異なるものに、

(c)　元禄四年辛未正月吉辰

書肆　梅村半兵衛

がある。すべて本文部分の版木は同一である。(a)と(c)を較べると前者にやや刷りの良好な本が見られる。先出は前者なのではなかろうか。その後、天明元年（一七八一）に次の刊記をもつ版が作られている。

(d)　元禄四年辛未正月吉辰

　天明元年辛丑十一月吉旦　　皇都書肆　堺町通夷河上ル町　橘屋治兵衛求板

元禄の刊年を取り込んでいることからも知られるように、天明元年版の実体は元禄四年の版木を再利用したもので、本文のすべてを元の版のまま保存し、刊記については「元禄四年辛未正月吉辰」の部分のみを残して旧書肆名を削り、新たに「天明元年」の刊年と書肆の名を付加して刊行したものと考えられる。それは刊記部分を照らし合わせて観察することによって確かめられる（二二四頁図版参照）。天明元年版には版木摩滅の跡がかなり目立つ。一方、元禄四年の刊記のみをもつものも、後年、同じ版木によって繰り返し刊行されたと見られ、その種の本で刷りの劣った伝本も少なくない。「鳴の羽搔」の名は江戸期の出版目録類にも散見されるから、(2)本書はよく知られた書として広く流布していたと推測される。おのずと現存伝本の数もまた多い。

なお本来の題簽の角書きにあるとおり、本書の特色の一つは「絵入」である点である。絵を含む面は、全体で百丁余ある本文のうち都合七一面（丁の表裏の各一面に一つの図柄を描き、当該の歌を散らし書きにしている。なお絵をもたない他の歌本文は各一行）に及ぶ。それらは「三夕和歌」、「六歌仙」（「古六歌仙」と「新六歌仙」の二種。名称は本文中の当該図のそれによる）、「八景和歌」（「八景和歌」（「定家卿作」とする）「南京八景和歌」「近江八景和歌」「修学寺八景和歌」に絵あり。名称は中巻冒頭の目録掲出による）、「十躰和歌」、「十二月花鳥和歌　定家作」「十二月和歌　畠山匠作亭」（上巻目録による）の各群に集中している。その多くが絵画作品とともに享受されてきた和歌作品であることは周知のとおりである。たとえば『新古今集』秋歌上（三六一～三六三）に「秋の夕暮」の結句をもって並ぶゆえに「三夕歌」として愛唱されてきた「三夕和歌」は恰好の画題であり、江戸期には小本の『百人一首』類の鼇頭にその絵が挿入されたりもしている。「六歌仙」（「古六歌仙」「新六歌仙」。他に「歌仙」三種も収録されているが（後述）、それらに絵は付されていない）は早くからある歌仙絵の伝統を踏まえるもの。「八景和歌」関係の所収十種のうち四種に絵を付していることや、これも絵画作品として馴染み深い定家「十二月花鳥和歌」に加えて「十二月和歌 畠山匠作亭」（「畠山匠作亭詩歌」（文安五年（一四四八）十月畠山義忠（賢良）主催）[3]。同詩歌の詩を省いて賢良や正徹・堯孝・飛鳥井雅親らの和歌のみを絵とともに掲げている）を収録していることも注意される。これらの絵自体の質は決して秀逸という訳ではなく、美術作品としての風趣はむしろ乏しいと言えるかもしれない（絵師の名は記されていない）。しかし元禄四年時点で採用された各図の図柄（素材や構図）を知りうる点で興味深く、美術史の側からの位置づけに資するものともなろう。

注

（1）当該古今集歌の通行のよみは「しぎのはねがき」である。ただし『国書総目録』は本書の名として「しぎのはねかき」を採っており、ここでは同目録に従う。事は古今集歌本文の清濁の違いに由来している。すでに古今集声点本に揺れがあり、後代の古今集注釈書類でも説が相違する。分ければ「はねがきももはがき」の他に、連濁にせず「はねかきももはかき」と清音でよむ説、「はねがきももはかき」とよむ説の三様あるが、清濁の別は古今集歌の語法・語義・修辞についての理解に相異を生むことになる。秋永一枝『古今和歌集声点本の研究 資料篇』（一九七二・三 校倉書房）五八七頁、竹岡正夫『古今和歌集全評釈』下（一九七六・一一 右文書院）四六八—四七三頁等を参照。なお「鴫のはねがき」の類似句「榻（しぢ）のはしがき」を含んだ歌「暁の榻のはしがき百夜かき君が来ぬ夜は我ぞ数かく」がある。これと先の古今集歌とは、歌にまつわる物語も結びついてともに並んで伝承され（他に古今集歌と下句のみ異なる「暁の鴫のはねがきももはがきかきあつめてもなげくころかな」も）、その語義や先後をめぐって清輔『奥義抄』、顕昭『古今集注』『袖中抄』などで言及されている。『顕註密勘』には顕昭・定家両者の解釈上の力点の置き方がよく現れている（定家の見解は『僻案抄』にも）。ちなみに室町後期の雑纂の書『榻鴫暁筆』（市古貞次校注『榻鴫暁筆』（一九九二・一　三弥井書店））の書名は「終夜ねらねぬまゝに」（序）「暁のしぢのはしがき鴫のはねがき、暁ごとに書あつめ侍らんとの事に侍れば」（巻二十三「鼠物語」）と記されているように、「暁のしぢのはしがき」「暁のしぎのはねがき」の両歌を踏まえて付されている。由来は重なるものの『榻鴫暁筆』の例は、〈数〉への関心が直接の焦点となっている『鴫の羽搔』の場合とはやや異なる。『榻鴫暁筆』の書名については右掲校注本の市古「解説」、特に五七九頁を参照。なお、近衛尚通が宗祇より受けた古今伝受の実体を窺う資料で、近衛尚嗣が後水尾院へ献じたと見られる「古今伝授目録の書上げ」の中の一項に「一　鴫　鴫の羽かき 榻のはしかき の事ナリ」とある。前掲の歌々は、古今集切紙における問題項目の一つでもあった。新井栄蔵「〈影印〉陽明文庫蔵　切紙之目録」（『叙説』七　一九八二・一〇）参照。

（2）元禄五年（一六九二）刊の『広益 書籍目録』には早くも『鴫の羽搔』の名が見え、以後、同九年刊の『増益 書籍目録大全』、同十二年刊の『新版増補書籍目録』にも載る（以上は慶応義塾大学斯道文庫編『江戸時代書林出版書籍目録集成』（一九六二～六四　阿部隆一解題　井上書房）による）。また尾崎雅嘉の『群書一覧』（享和元年〔一八〇一〕刊）にも見える。

また書名の「羽搔」について、元禄九年刊目録は「はねがき」、元禄十二年刊目録は「はねかき」と記す。そして『群書一覧』のルビは「ハネカキ」、『掌中群書一覧』は「ハネガキ」と、よみ方も区々である。

（3）続群書類従巻四三二（第一五輯下）所収。稲田利徳『正徹の研究　中世歌人研究』（一九七八・三　笠間書院）第三篇・第二章・第六節「畠山匠作亭詩歌」九九三―一〇一五頁、井上宗雄『中世歌壇史の研究　室町前期』（改訂版一九八四・六　風間書房、初版一九六一・一二）一五七―一五八、四六五頁参照。

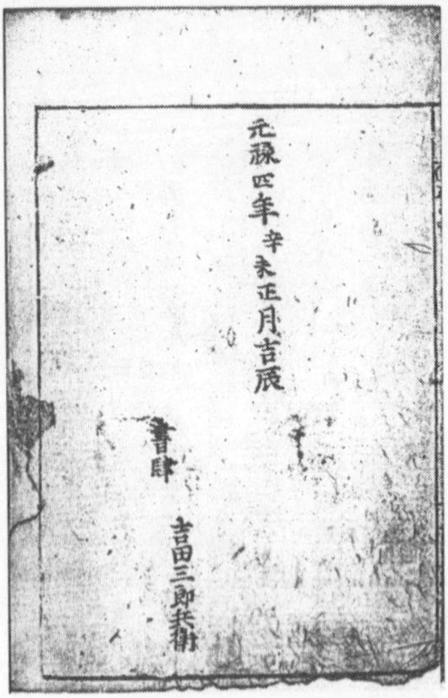

(b)［西尾市岩瀬文庫蔵本］

(a)［香川大学附属図書館神原文庫蔵本］
同本は三冊目のみの残欠本であり，破損も存するが刷り自体は優れており，初版の面影をとどめているか。

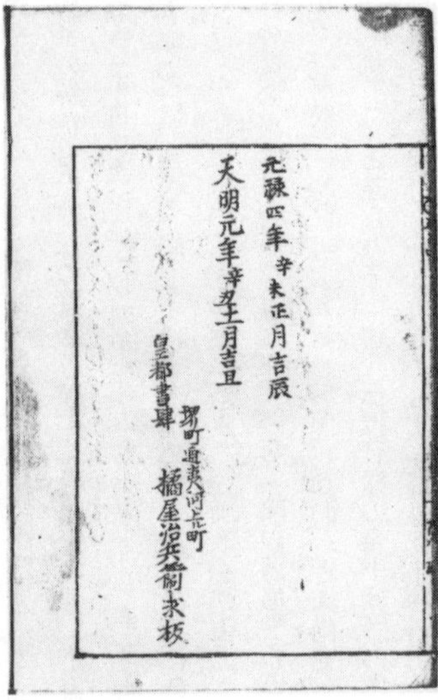

(d)［弘前市立図書館蔵本］

(c)［刈谷市立刈谷中央図書館蔵本］

二　書誌

伝本を刊記により分類する。関連書も併せて①〜⑧に分けて一覧する。版本『鳴の羽搔』自体の伝本は①〜⑤。いずれも本文部分については同一の版木を用いたと見られ、形態・内容を同じくする。文庫名などは五十音順とし、個人蔵は各類末に記した。元題簽については判明したもののみ記した。

1　伝本一覧

①元禄四年版　書肆　吉田三郎兵衛・伊藤平八

1　岩国徴古館　18―13　三冊
2　大阪市立大学学術情報総合センター森文庫　911、1SHI　一冊（合冊）
3　香川大学附属図書館神原文庫　911・101　一冊（下冊のみ）
4　宮内庁書陵部　266・313　一冊（合冊）
5　国立国会図書館　103・38　一冊（合冊）
6　国立公文書館内閣文庫　201・94　三冊　元題簽あり。
7　佐賀県立図書館　鍋911、186　三冊　元題簽あり。
8　三康図書館　5・1243　三冊　大口鯛二旧蔵
9　大英図書館　461　二冊（上冊欠）『大英図書館蔵日本古版本目録』とマイクロフィッシュによる。
10　東京芸術大学附属図書館脇本文庫　R911、1・11　一冊（合冊）

11　東京都立中央図書館加賀文庫　6915・1―3　三冊
12　同志社女子大学京田辺図書館　911、1　S9295　一冊（合冊）
13　東北大学附属図書館狩野文庫　第四門・10554・3　三冊
14　ノートルダム清心女子大学附属図書館特殊文庫　外題『和歌鳴の羽掻』　G108　3―1　黒川本　三冊
15　初瀬川文庫　8・191　一冊（下冊のみ）
16　福井県立図書館松平文庫　文311／6・3／1―2　三冊
17　宮城県図書館伊達文庫　伊911、264・72・1―2　二冊（上冊欠）
18　盛岡市中央公民館　418　三冊　元題簽あり。
19　山口大学総合図書館棲息堂文庫　M911、104　S15　A1―A3　三冊
20　早稲田大学図書館　ヘ4・1627　一冊（合冊）
21　半田公平　三冊「宮藤文庫之章」の蔵書印
22　川平ひとし　二冊（中冊欠）
23　大伏春美　一冊（合冊）
②元禄四年版　書肆　吉田三郎兵衛
24　大英図書館　460　三冊
25　大英図書館　462　一冊（下冊のみ）
26　筑波大学附属図書館　ル219・9　三冊
27　同志社女子大学京田辺図書館　911、1　S9295　一冊（合冊）

28　西尾市岩瀬文庫　１０・１　一冊（合冊）
29　日本大学文理学部図書館武笠文庫　Ｍ６２３Ｂ―２７　三冊　元題簽あり。
③元禄四年版　書肆　梅村半兵衛
30　刈谷市立刈谷市中央図書館村上文庫　３・３甲五　三冊
31　宮内庁書陵部　１５１・１４７　三冊
32　玉川大学図書館　Ｗ９１１、１４・シ　一冊（合冊）
33　祐徳稲荷神社中川文庫　６／２・２／３０　三冊　元題簽あり。
34　陽明文庫　近・１４・３０　一冊（合冊）
35　陽明文庫　近・シ・２０　一冊（合冊）
36　陽明文庫　近・２３０・１４・近・シ・２０　三冊。下冊のみ元題簽あり。
37　龍谷大学図書館写字台文庫　写字台９１１、２０８・３２・１　三冊（合冊）
38　川平ひとし　一冊（合冊）
39　川平ひとし　三冊
④天明元年版　書肆　橘屋治兵衛
40　大阪府立中之島図書館　２２４、８　１５４　一冊（合冊）
41　京都大学附属図書館　４―２２・シ・２２　三冊　宮内省寄贈本。『国書総目録』に「刊年不明」として掲げる。
42　宮内庁書陵部　鷹３２１　三冊

43　宮内庁書陵部　１５０・６０３　三冊
44　国立国会図書館　２１４・２４０　一冊（合冊）
45　東北大学附属図書館　丁Ｂ・１１２１４・６７　三冊
46　弘前市立図書館　Ｗ９１１、１—５６　一冊（合冊）
47　陽明文庫　近・１４２・９　一冊（合冊）
48　有吉保　三冊
49　川平ひとし　一冊（合冊）

⑤版本の零本で刊記不明のもの

50　石川県歴史博物館大鋸文庫　９１１、１・２７　上冊のみ一冊
51　北海学園北駕文庫　文１１０　上中冊の二冊。「乾・坤」とする。
52　陽明文庫　近・１６・１　上冊のみ一冊
53　吉海直人　上冊のみ一冊
54　蒲原義明　一冊

⑥版本の転写本

55　宮内庁書陵部『鴫乃羽搔　中』　２０６・５３１　一冊。中冊のみ。江戸中期写。漢字仮名の違い、歌題の省略などがみられる。絵はない。末尾に「香水公　…」の和歌がある。
56　八戸市立八戸図書館　南１５・４２１　一冊　奥書は「鴫羽搔終／元禄四年辛未正月吉辰」とし、「于時宝暦六丙子夏林鐘下旬／江府城南麻布邑於五嶋士屋執毫／藤原之姓利亮書」とあるので、①か②を底本として、

宝暦六年（一七五六）に藤原利亮が写したことが知られる。忠実な写しである。絵はない。

⑦版本の抄写本

57　刈谷市立刈谷中央図書館村上文庫「梅處漫筆」の内。5727／34／9丙一
表紙に所収書を列記した中に「鳴の羽播　抄出」とあり、また本文にも「鳴の羽播ヨリ抄之」と注記されているごとく、「十二月和歌　畠山匠作亭」「五味和歌」「六根和歌」「七猿和歌」の部分のみを抄写したもの。絵はない。

58　名古屋市蓬左文庫堀田文庫　堀・二四五「鳴の羽かき抜抄」元文五年（一七四〇）堀田知之写　一冊。「三体和歌」「八代集秀逸」「和歌九品」「十体和歌」（二種）「俊成卿九十賀和歌」の部分を抄写したもの。絵はない。

⑧その他

・『国書総目録』に本書の写本として登載されているうち、東北大学附属図書館蔵『志き農羽か起』（古文書一・一五―一―一三 登米伊達家文書の内）は紙撚綴の横本。共紙の表紙に外題「志き農羽か起」を直書きする。内題なく、内容は歌題の詠み方についてのコメントをおおむね四季・恋・雑の順に三八項列記したもの。歌書ではあるものの『鳴の羽播』とは別書である。

・同じく写本の、
宮書（一冊）
旧浅野
勧修寺家（「志きのはねか記」、下巻一冊）は未見。右のうち「旧浅野」は広島市立中央図書館に現存せず。

・同じく『国書総目録』に版本として掲出されている岡山県立図書館本も現存せず。

・なお早稲田大学図書館に『鴫羽掻』（特別 チ四・五七九九・一―四）四冊写本（月岡（芳年）家旧蔵書）を蔵する。一・二冊目に「鴫羽掻」、三・四冊目に「鴫のはねかき」の外題をもつが、その内容は一冊目外題の注記に「模本貼込帖」、四冊目後表紙に「人物 風景 月岡家蔵」とあるように、古図・肖像・古物・風景の模本類を貼り込んだもの。二冊目に「歌袋 頓阿法師所造 嵯峨隠士蔵」（当該の袋の図を具体的に描き、細かく注記を加えている）などの和歌にかかわるものも含まれているものの、当面問題の歌書『鴫の羽掻』とは別の書である。早大本に「鴫羽掻」の名が用いられた直接の理由は定かでない。他に「鴫の羽がき」を冠した書として『国書総目録』に、到津公著（いとうづきみあき）（天和二年〔一六八二〕―宝暦六年〔一七五六〕）の著書『菟狭の宮鴫の羽がき』（一冊、神社、東大に写本）が掲出されている。同本は所在不明の由、現在のところその内容を知りえない。先の東北大学附属図書館蔵『志き農羽か起』の例なども考え合わせ、書名に「鴫の羽掻」を用いた編著者らの意図についてはさらに吟味してみるべきであろう。

2 影印の底本について

内閣文庫本の書誌

二〇一・九四、一―三 三冊。表紙は薄茶色の鳥の子紙。縦二三・一センチ、横一六・二センチの袋綴本。題簽は縦一五・五センチ、横一・五センチの刷題簽で、元刷と思われる。それぞれ「絵入 鴫乃羽掻 上」・「絵入 鴫乃羽掻 中」・「絵入 志きのはねか起 下」とある。内題は「鴫羽掻上」「鴫羽掻中」「鴫羽掻十躰和歌」である。「浅草文庫」・「日本政府図書」の蔵書印がある。一面十行。匡郭は縦一六・五センチ、横一一・九センチ。

なお柱刻について触れる。

各冊の始めに「しき上」「しき中」「しき下」と上中下三巻の別を示し、冒頭以降は書名の略称のみを「しき」と示している。丁数は各冊ごとではなく三冊をとおして「一」から「百八終」まで刻されている（上中の最末はそれぞれ「四十一終」「七十八終」とあって三分冊の構成であることが意識されている）。ただし上冊の末尾に一部数の飛んでいる箇所が含まれている。すなわち「三十一」の後の丁には「卅二ノ四十」とあり次の「四十一終」に続く。したがって実際の全丁数は百丁である。版本ではよく見られることである。本影印では頁数をアラビア数字で付し、併せて原本の丁数と表裏の別（オ・ウによる）を示した。右記したように第三十二丁以降の丁数は柱刻のままであることに注意されたい。

三　『鳴の羽搔』所収の資料について

ここでは、『鳴の羽搔』所収の資料（作品）について述べるが、個々の作品についての説明はそれぞれの研究にゆずり、『鳴の羽搔』自体の本文について考える。『新編国歌大観』を主に参照したので、その巻・作品番号・歌番号を記し、その他の文献については個々に記した。

では、それぞれの作品をみていく。必要に応じて『鳴の羽搔』の歌番号を記した。

1　三体和歌

建仁二年（一二〇二）三月二二日に行われた歌会だが、『鴫の羽掻』では二月一日とする。春夏・秋冬・恋旅を三体に分けてよむ。左馬頭藤原親定（後鳥羽院、一一八〇～一二三九）以下、良経（一一六九～一二〇六）・慈円（一一五五～一二二五）・定家（一一六二～一二四一）・家隆（一一五八～一二三七）・寂蓮（?～一二〇二）・長明（一一五五～一二一六）の七人。『新編国歌大観』第五巻259三体和歌の赤瀬信吾の解題の分類によると、『鴫の羽掻』は歌人別の第一類本となる。それぞれの右肩に春・夏・秋・冬・恋・旅と記す。本文は同じく歌人別の『和歌七部之抄』（承応元年一六五二刊、八冊）に近いが、冒頭の三体のよみ分けの説明は異なる。『和歌七部之抄』は建仁二年三月二二日とする。なお、左馬頭藤原親定については、田村柳壹「二人の左馬頭親定―後鳥羽院が「身」を「やつす」ということ―」（有吉保編『和歌文学の伝統』一九九七・八　角川書店）参照。

2　三夕和歌

『新古今集』秋上・三六一～三六三。作者は寂蓮（?～一二〇二）・西行（一一一八～一一九〇）・定家（一一六二～一二四一）の三人。『新編国歌大観』第一巻8所収。ともに末句を「秋の夕暮」とするため、三夕の歌という。このことは大坪利絹が「『三夕歌』その呼称起源をめぐる考察」（親和国文　第21号　一九八六・一二）において詳しく論じている。ちなみに、寛文三年（一六六三）刊の加藤磐斎『新古今和歌集増抄』（有吉保編　一九八五・一　新典社）には、「寂蓮・西行・定家の夕ぐれ歌を世に夕ぐれ三首といへり、本説不管見」（四八〇ページ）とみえる。

『鴫の羽掻』には三首にそれぞれ絵があるが、44の西行歌では鴫が空中を飛んでいる。稲田利徳はこの歌について、『鴫たつ』が佇立しているのか、飛びたっているのか」に議論があると記す（『西行の和歌の世界』六五二ページ、二〇〇四・二　笠間書院）。

3　四季和歌

明応四年（一四九五）十一月二二日の『水無瀬宮法楽百首』を出典とする。蓮空・宣胤・教国　イ後土・後土御門院　イ教国の歌。すでに大坪利絹が前掲論文で、『鴫の羽掻』の「原の作品」はこの百首であると指摘している。後の資料だが、『続群書類従』巻三八五所収。『群書解題』（井上豊執筆）によると、十一月に根拠はなく明応五年正月に行われたという。作者は後土御門院（一四四二〜一五〇〇）・勝仁（後柏原院、一四六四〜一五二六）・堯胤（一四五八〜一五二〇）・教秀（一四二六〜一四九六）・蓮空（親長、一四二四〜一五〇〇）・宣胤（のぶたね）（一四四二〜一五二五）・実隆（一四五五〜一五三七）・教国（一四三五〜一五〇〇）・宋世（飛鳥井雅康、一四三六〜一五〇〇）・基綱（一四四一〜一五〇四）の十人。48の作者を「教国　イ後土」とするが、『続群書類従』本は御製の作者名の所を空白とする。49の作者は「後土御門院　イ教国」とあり、続群書類従本は教国で、作者名が『鴫の羽掻』と逆になる。『鴫の羽掻』は他本を参照して異文を示したのだろう。この法楽百首から『鴫の羽掻』に四種の作品（3・4・7・12）が採用されているが、題がユニークで、名数和歌の出典として利用しやすかったと思われる。

4　四隅和歌

3の四季和歌と同じ明応四年（一四九五）十一月二二日の『水無瀬宮法楽百首』が出典である。基綱・教国・宣胤・宋世の四人の歌。巽の基綱歌は『新編国歌大観』第八巻24基綱集二二二にみえる。『続群書類従』本（版本）との異同を記すと、51の歌の第二句・かけもほとなし―影も程なく、53の歌の第三句・まりの庭を―鞠庭の、である。なおこの「まりの庭を」歌をよんだ宋世（飛鳥井雅康）には『蹴鞠条々大概』などの著作がある。

5　五行和歌

6　五色和歌

藤原定家（一一六二〜一二四一）の和歌で、これについても2に前掲の大坪論文に指摘がある。『新編国歌大観』第三巻134『拾遺愚草員外』の三七九から三九三の十五首和歌の一部である。三七九から三八三が5の五行和歌、三八九から三九三が6の五色和歌。建久二年（一一九一）に良経の十五首に唱和したものである。三八四から三八八の五方和歌は『鳴の羽掻』に採用されず、良経歌の方が9の五方和歌として入る。本来は十五首和歌としてよまれたものであるから、良経と定家の十五首をそのまま収める国立歴史民俗博物館蔵『名数和歌集』（1475ム169）のような本もある。

『鳴の羽掻』八丁裏の一・二行目は逆になるべきで、三行目の「わきそめし」歌の題が「土」である。また本来の題は木火土金水だけで、「里に山」「馬…松」のような注記があるのは不要である。『鳴の羽掻』には絵を付す予定があってこのような説明があるのだろうか。31の十二月詩歌にも題の下に注記があるが、こちらには絵がある。

7　五味和歌

これも3の四季和歌、4の四隅和歌と同じ明応四年（一四九五）十一月二二日の『水無瀬宮法楽百首』が出典である。後土御門院・蓮空（親長）・基綱・宋世・尭胤の歌。66の基綱歌は『新編国歌大観』第八巻24『基綱集』二二三に入る。

8　五常和歌

慈円（一一五五～一二二五）の歌で、これについても2に前掲の大坪論文に指摘がある。『新編国歌大観』第三巻131『拾玉集』二六九〇から二六九四にみえる。出典である「春日百首草」には、十界・二七一六から二七二五、十如（是）二七二六から二七三五などもあるが、『鳴の羽掻』は五常和歌のみを採用する。

9　五方和歌

藤原良経（一一六九～一二〇六）の和歌で、『新編国歌大観』第三巻130『秋篠月清集』雑の巻頭、「五行をよみ侍りける」とする一四八五から一四九九の十五首のうち、東西南北中（『鴫の羽掻』は「中央」とする）の五方をよんだ一四九〇から一四九四である。74の東の歌は『新編国歌大観』第二巻16夫木和歌抄八〇五〇にも入る。西の歌の初句は「秋かせ」の右下の傍書が判読しにくいが、秋篠月清集によれば「も」である。前掲定家の5五行和歌、6五色和歌の作と唱和した建久二年（一一九一）の作。

10　六歌仙

目次には「六歌仙」、本文には「古六歌仙」とある。『古今集』の序にみえる六歌仙（序では「六歌仙」という語は使わない）で、僧正遍昭（八一六～八九〇）・在原業平（八二五～八八〇）・喜撰法師（生没年未詳）・文屋康秀（生没年未詳）・小野小町（生没年未詳）・大伴黒主（生没年未詳）のこと。和歌は序の歌人評の後ろにみえるものだが、『古今集』中の歌番号は順に二七・七四七・九八三・二四九・七九七・七三五である。歌仙絵がある。『日本歌学大系別巻六』所収「二　古六歌仙」の宮内庁書陵部蔵「名数和歌」所収本所載歌に一致する。

11　新六歌仙

新古今時代の代表的歌人を六歌仙に倣って選んだもの。後京極摂政太政大臣（藤原良経）・前大僧正慈鎮（慈円）・藤原俊成（一一一四～一二〇四）・藤原定家（一一六二～一二四一）・藤原家隆（一一五八～一二三七）・西行法師（一一一八～一一九〇）のこと。和歌の歌番号は順に新古今集一七四・一九〇二・六七七・新勅撰集二五六・新古今集九三九・三〇〇。歌仙絵がある。『日本歌学大系別巻六』所収の一九から二三の「新六歌仙」の本文には一致しないが、「二〇新六歌仙［乙］」各七首中の一首にはどれかの歌が一致する。

冒頭の目録には記載はないが、六歌仙との関連でその後ろに三十六歌仙が記されている。すべて一人一首本である。

①歌仙

藤原公任撰の「三十六人撰」のことで、人麿から中務まで。本文は久曽神昇『日本歌学大系別巻六』所収「一〇古三十六人歌合［丁］」に同じ。『新編国歌大観』第五巻267所収本は一人に複数の歌を記す広本である。

②中古歌仙

後鳥羽院から藤原清輔までの三十六人で、新古今歌人が中心だが、能因や源経信など中古の歌人も含む（最も時代の新しい歌人は知家）。本文は『日本歌学大系別巻六』所収「三三　新中古歌撰［別］」の底本の寛文元年（一六六一）刊『歌仙部類』本と、漢字仮名の違いに至るまでほぼ同じ。巻頭の127後鳥羽院歌の末句を『鴫の羽掻』は「あふさかの関（山イ）」とするが、「関」は『歌仙部類』本と同じ。出典の『新古今集』春上・一八は「山」だから、それを「イ」として注記したものだろう。しかし、153後徳大寺左大臣（実定）歌の第四句の「名残の（わかれイ）」は、出典である『新古今集』恋二・一一二五、『新編国歌大観』第三巻122『林下集』二二七、また『歌仙部類』本ともに「名残の」に異文はなく、「わかれ」と記された理由はわからない。

③新歌仙

後鳥羽院から西行までの三十六人で、やはり新古今歌人が中心だが、為家・隆祐などのより新しい時代の歌人をも含む。本文は『日本歌学大系別巻六』所収「三一　新三十六歌仙［丙］」と同じで、その底本も②中古歌仙と同じである。

なお、中古歌仙・新歌仙は撰者未詳だが、諸本や出典などについては、石川常彦『新古今的世界』（一九八六・六　和泉書院）に詳しい。

④女歌仙

小野小町から藻璧門院少将まで女性ばかりを集め、左に古、右に新の歌人を配した作品である。本文は『日本歌学大系別巻六』所収「五六　女歌仙（丁）」と同じで、底本も②中古歌仙と同様の寛文元年（一六六一）刊『歌仙部類』本だが、漢字仮名の違いなどがある。

12　六根和歌

これも３四季和歌と同じく明応四年（一四九五）十一月二日の『水無瀬宮法楽百首』を出典とする。

実隆歌は『新編国歌大観』第八巻35『雪玉集』二五九四、基綱歌は『新編国歌大観』第八巻24『基綱集』二二四に載る。４四隅和歌同様に『続群書類従』本（版本）との異同を記すと、236耳の歌の第四五句・猶たしかには聞きやたかへし―猶［以下欠］、237鼻の歌の作者・教国―ナシ、第四句・色にもねにも―色にも香にも、238舌の歌の作者・後土御門院―ナシ（続群書類従本は常に記さない）、240意の歌の第二句・道にかきらし―道にか□へし、末句・世にそすくるゝ―世にそむまるゝ、となっている。

13　七猿和歌

慈恵（じえ）大師良源（九一二～九八五）は天台宗の僧。元三大師と俗称。第十八代天台座主。大僧正。『九品往生義』を編纂。

日吉山王権現の使者である猿を「さる・ましら」としてよむが、三猿以外にも、まじらざる、かなはざる、いとはざる、思はざるとよむ。平林盛得『良源』（人物叢書　一九七六・一二　吉川弘文館）は「七猿和歌を良源作とすること」を信じ難いとするが、和歌を『天台霞標』四―三より二首引用している。積極的に生きた良源とは逆の消極的な内容の和歌である。平林氏にならい『天台霞標』を見ると、『大日本仏教全書』（一九一二から一九二二年にかけて出版。一九八一・六の覆刻版による。仏書刊行会編）所収第一二五冊によると、七猿和歌は真名表記。また安楽芯芻光謙の「書七猿和歌後」があり、「七猿図」という絵があったことも知られる。『天台霞標』自体が明和八年（一七七一）序という『鴫の羽搔』より後の作品ではあるが、参考になると思われる。

14　七夕七首和歌

文明十三年（一四八一）九月一日から十二月十二日にかけての内裏着到千首（文明千首とも）のうちの七夕歌。この作品は千の題を十人が分担して百題ずつよんだもの（親長卿記に「千首題十人」とある。以上、井上宗雄氏のご教示による）。『鴫の羽搔』と内閣文庫蔵『文明十三年着到千首』（二〇一・三三〇）との違いを見ると、同書は後土御門院の名は空白として記さず、他の人の実名も記さない。249「七夕雲」題は「雲」を脱する。254「七夕後朝」歌は二句目「□□をうき瀬か」と二字分を欠き「本ノマヽ」と傍書。なおこの歌は『新編国歌大観』第八巻35『雪玉集』九七六に入り、和歌右上に「于文明十三」と記す。

内裏着到千首の伝本には上記内閣文庫本や『片玉集続集』所収本などがある。ちなみに版本『千首部類』（安永四年一七七五）は各題につき、宗良親王・耕雲・為尹・宋雅の作と内裏着到千首（文明千首）の合計五首を記す。

以下は中冊である。

15　八代集秀逸

八代集の秀歌各十首を撰んだもの。藤原定家撰。『新編国歌大観』第十巻178所収本と比べると『鴫の羽搔』は名字を記さない。また265の『後撰集』の最初のよみ人知らず歌を『鴫の羽搔』は人丸とする。同書解題（樋口芳麻呂執筆）に従うと『鴫の羽搔』本文は流布本となるが、「定家の選歌である点から愛重されて、世間に広く流布したのであろう。」という作品である。

16　八景和歌

瀟湘八景は画題として北宋の宋迪が描き、その後詩題となり玉澗などがよんだ。日本には十三世紀半ばに五山の僧によってもたらされ、五山僧たちは詩をよみあった。その後民間にも広まり、詩題・歌題として愛好された。八景詩歌の先行研究は多くあるが、ここでは有吉保「中世文学に及ぼした中国文学の影響―瀟湘八景詩の場合―」（一九八四・三　日本評論社）と堀川貴司『瀟湘八景―詩歌と絵画に見る日本化の様相』（二〇〇二・五　臨川書店）に学びながら略述する。なお川平に「叡山文庫蔵『瀟湘八景註』をめぐって」（跡見学園女子大学国文学科報第二四号　一九九六・三）がある。

16は定家卿作とあるが、前掲以外の諸研究もほとんど定家作に疑問を呈する。題の移入の時期が定家没後と考えられ、また為相作とする本もあるからである（為相集には見えない）。冷泉家時雨亭叢書43『源家長日記　いはでしのぶ撰集抄』（一九九七・一二　朝日新聞社）中に室町時代後期写の『瀟湘八景和歌』が収められており、現存最古の写本だろうとされている。三角洋一の解題には当八景の概要が詳しい。『鳴の羽搔』の本文は有吉の翻刻する宮内庁書陵部蔵『八景和歌』（F四・三）と同じで、同書も作者を定家とする。

絵についても、堀川前掲書は元禄五年刊の『万民重宝記』の瀟湘八景和歌の絵が『鳴の羽搔』と一致するので、『万民重宝記』が覆刻したのだろうと推定する。

17〜21も有吉論文に有吉蔵本の翻刻がある。17の後小松院（一三七七〜一四三三）作の348山市晴嵐歌は『鳴の羽搔』に初句「あらしこす」、四句「ふもとにくるゝ」と二か所の異文を記すが、有吉本は初句の異文のみを記す。

18の明魏（めいぎ）は花山院（藤原）長親（ながちか）（一三五〇?〜一四二九、八十余歳か）、号は耕雲。

19の飛鳥井雅世（一三九〇〜一四五二）は雅縁（まさより）（宋雅）の男。雅親（まさちか）（栄雅）・雅康の父。

20は頓阿（一二八九〜一三七二）の作。

21の三条西実隆（一四五五～一五三七）の八景歌375～382は『新編国歌大観』第八巻35『雪玉集』六三三三～六三四〇（なお遠寺晩鐘と遠浦帰帆は二六一九・二六二〇にも重出）に載るが、順序は異なる。実隆はもう一組八景歌をよみ、『雪玉集』六三四一～六三四八に続けて載るが前掲の八景歌の方がよく知られている。

22　南京八景

奈良の八景であるが、近衛道嗣以下の詩とともにあるのが原型である。前掲の有吉論文に翻刻がある。井上宗雄『中世歌壇史の研究　南北朝期』（一九六五・一一、改訂新版　一九八七・五　明治書院）は官位表記から永徳二年（一三八二）成立とする（八三六ページ）。

作者は太政大臣二条良基（一三二〇～一三八八）、前内大臣三条公忠（一三二四～一三八四）、左近衛権少将藤原雅幸は後に雅縁と改名（一三五八～一四二八）、権中納言（一条）公勝（一三三一～一三八九）、前右大臣西園寺実俊（一三三五～一三八九）、権中納言（三条）為重（一三二五～一三八五）、前大納言四辻入道善成（一三二六～一四〇八）、前中納言小倉実遠（一三二二～一三八四）の八名。

23　近江八景

瀟湘八景が洞庭湖や瀟川・湘川の水辺の風景をよむので、日本で水辺の八景を選べば琵琶湖周辺の近江八景が生まれるのは自然である。作者の関白近衛時嗣公は、近衛前久（さきひさ）（一五三六～一六一二）のこと。作者名の左の異文「イ近衛三藐院信尹公」の信尹（一五六五～一六一四）は前久の男。堀川前掲書は、近江八景の作者は信尹の方が確実とする（八七ページ）。

24　修学寺八景

修学院八景のこと。後水尾院（一五九六～一六八〇）の建てた離宮の八景のことで、堀川前掲書によると、万治二年

(一六五九)に院自身が制定したという。

作者は八条宮智忠(としただ)親王(一六一九〜一六六二。智仁(としひと)親王第一王子。後水尾院猶子)、堯然親王(一六〇一〜一六六一。後陽成天皇第六皇子)、道晃親王(一六一二〜一六七九。後陽成天皇第一皇子)、飛鳥井雅章(一六一一〜一六七九)、烏丸資慶(すけよし)(一六二二〜一六六九)、岩倉(源)具起(ともおき)(一六〇一〜一六六〇)、中院通茂(みちもち(しげ))(一六三一〜一七一〇)、雅喬王(白川。一六二〇〜一六八八)の八人である。

25 源氏八景

『鳴の羽掻』の中では唯一の散文であり、『源氏物語』の中から風景描写の美しい場面がえらばれている。この八景の出典は未調査である。それぞれを小学館新編日本古典文学全集本の巻・頁・行で示せば、

はゝ木ゝ夜雨　一・55・3〜56・7。有名な帚木の巻の雨夜の品定めの冒頭。

須磨秋月　二・202・10〜203・4。源氏が月を見ながら京をしのぶ場面。

明石晩鐘　二・256・1〜10。明石の君を尋ねた源氏。三昧堂の鐘の音が松風の響きとともに聞こえる。

松風帰帆　二・406・11〜407・6。明石の君が明石から大堰の別邸に行くが、船路の帰京のため「帰帆」となる。

朝顔暮雪　二・490・6〜491・8。雪の夜、源氏と紫上が童女の「雪まろばし」を見る。

乙女初雁　三・48・4〜49・4。夕霧と雲居雁が仲をさかれて嘆く場面だが、雁の声も聞こえる。

玉かつら晴嵐　三・117・7〜14。上京した玉鬘一行が右近(夕顔侍女)に会う。その時の長谷寺の風景が「晴嵐」である。

夕霧夕照　四・447・13〜449・3。夕霧が、母を亡くした落葉宮を小野の山荘に訪ねた。九月十余日、夕日が夕霧を照らしだす。

本文中の和歌は四景に見える。しみじみとした情景が描かれた各場面である。「帚木夜雨」の最後、「とりかくし給つ」とあるが、『源氏物語大成』はその校異を記さないので、「けり」の由来は不明である。
なお散文ではなく和歌を二首ずつ記した「源氏八景」も、福井県立図書館松平文庫蔵『集書』などに見える。

26 九品之和歌 公任撰

藤原公任の代表的な著作で、『九品和歌』『和歌九品』ともいう。『新編国歌大観』第五巻269所収本などには九品の説明の短文があるが、『鳴の羽搔』では省かれた本文である。

以下は下冊である。

27 十躰和歌①②

『定家十体』（定家真作・定家仮託書の両説がある）のこと。和歌を十体によみわける。『新編国歌大観』第五巻277所収本などは例歌が多いが、コンパクトなことを志向する『鳴の羽搔』では『三五記』から例歌をとっている。また、冒頭の目録には見えないが「十体和歌」を二種類収め、前者の絵入りの一首本を①、後者の二首本を②とすると、『日本歌学大系』第四巻所収『三五記』の例歌のうち、①は一首目、②は二・三首目をそれぞれ収めている。ただし有心体のみ、二首目が①、一・三首目が②に入る。

28 十界和歌

本文では「十界歌」とする。

藤原良経の和歌で、『新編国歌大観』第三巻130『秋篠月清集』の十題百首の釈教歌十首、二九一〜三〇〇。467は二九九の四・五句「かつがつかげぞのこるくまなき」の方が意味が通じやすい。この百首については谷知子『中世和歌とその時代』（二〇〇四・一〇　笠間書院）に詳しい。

29　十如是和歌

14と同じ文明十三年（一四八一）の内裏着到千首のうちの和歌であり、井上宗雄『中世歌壇史の研究　室町前期（改訂新版）』（一九八四・六　風間書房）の「中の十如是和歌が独立伝存もする」（六〇三頁）というのに該当するか。また『鴫の羽搔』の「右衛門」は右衛門督上冷泉為広のことである。なお実隆の475は『新編国歌大観』第八巻35『雪玉集』二五〇〇（和歌の右上に「于文明十三」と記す）、基綱の477は『新編国歌大観』第八巻24『基綱集』二一二一（和歌の右上に「同［文明十三千首］」と記す）に入る。この千首は文明十三年九月一日から十二月十二日までの百日で行われ、各題を十人が分けてよんだ。14「七夕七首和歌」同様内閣文庫蔵「着到千首」（二〇一・三三〇）との異同を記すと、内閣文庫本は後土御門院の名は空白とし歌人の実名も記さず、侍従中納言・四辻宰相中将・姉小路宰相・右衛門の四人の名も空白とする。469第三句・しられけり（鴫の羽搔の本文を先に記す）―しられたり、470第五句・ふたつやはある―こやはある（「二」を「こ」と誤読したか）、471初句・松はなをく―まつはなひき（二句の竹との関係からも、「松は直く」の方がよい）、第四句・まことの法の―まことの□の、472末句・身をいかにせん―みをいかゝせん、475末句・思ひとらなん―思ひとゝめん、476初句・うかふへき―うかむへき（国立国会図書館蔵「千首部類」わ九一一・一四　二〇も同じ）。478作者・右衛門―民部卿入道為広（国立国会図書館蔵「千首部類」のみ）である。

30　十二月花鳥和歌（じゅうにかげつかちょうわか）　定家作

本文には「詠花鳥倭歌　各十二首　参議藤原定家」とある。

各月を代表する花木と鳥をよんだ和歌。『鴫の羽搔』は月別だが、『新編国歌大観』第三巻133『拾遺愚草』一九八四～二〇〇七は先に花、後に鳥を一括して記す。ただし『鴫の羽搔』は二月を雉・桜と記すので、歌番号を482・481と花鳥の順に記した。『鴫の羽搔』と『拾遺愚草』の校異を略記すると、480の第二句・幾日（鴫の羽搔の本文を先に記す）―幾夜（冷泉家時雨亭叢書８『拾遺愚草』は「いく世」）、491の第二句・誰も（冷泉家時雨亭叢書８『拾遺愚草』も「たれも」）―たれに、492の第四句・まちわたる（冷泉家時雨亭叢書８『拾遺愚草』も同じ）―まちえたる、498の第二句・むれたる（冷泉家時雨亭叢書８『拾遺愚草』も同じ）―むれたつ、501の第三句・比なから（冷泉家時雨亭叢書８『拾遺愚草』も同じ）―春なから。以上が知られる。

『鴫の羽搔』の先行研究には、片野絵美子「『鴫の羽搔』の研究―定家十二月花鳥倭歌について―」（日本文学ノート〔宮城学院女子大学〕第二五号 一九九〇年一月）があるが、片野によると乾山の陶器に

元禄十五年の定家詠花鳥倭歌絵皿（十二枚）

があり、和歌の本文は『鴫の羽搔』によっているという。この乾山の陶器はサントリー美術館に蔵されており、二〇〇四年二～三月の展示「歌を描く絵を詠む―和歌と日本美術」に出品され、パンフレットにも載る。

31 十二月和歌（じゅうにかげつわか）

文安五年（一四四八）十月頃成立した『畠山匠作亭詩歌』の和歌だけを記したもの。絵がある。『新編国歌大観』第十巻175所収。稲田利徳『正徹の研究』（一九七八・三 笠間書院）に諸本などが詳しく記されているのでそれによると、第一類系統の乙類の本文か。各題の下に「人の家に桜の花咲きたる」「柳に桜の咲ましりたる所」のような注記をもつが、稲田によるとそれも宮内庁書陵部蔵「永正六年和歌」（二〇六・八三三）のような本にみえ、同書末尾には「源義忠朝臣家の障子の絵に人々によませし歌」とあるという。

32 **二十一代集巻頭巻軸和歌**

本文には「廿一代集巻頭巻軸歌」とある。

「二十一代集巻頭和歌」という作品もあるが、こちらは巻頭と巻軸の和歌により、二十一代集の特徴を把握しようとした作品。『鴫の羽掻』所収本は国立歴史民俗博物館蔵高松宮旧蔵『名数和歌』（一四七五ム一六九、江戸中期写）と全く同じ本文である。また宮内庁書陵部蔵『八代集秀逸　二十一代集巻頭和歌』（伏　五四四、江戸中期写）も、『鴫の羽掻』より後の本だが異文も同じである。545の『続後拾遺和歌集』巻頭歌初句の異同は、同集自体ではみられない。

33　廿八品和歌

法華経廿八品和歌で、『新編国歌大観』第九巻4『後十輪院内府集（通村）』一五〇九から寛永五年（一六二八）東照宮十三回忌の作であることが知られる。高楠順次郎他『釈教歌詠全集　第四巻』（一九三四年八月　河出書房、一九七八年九月　東京出版より再版）に「東照宮十三回忌法華二十八品和歌」として載る。寛永五年四月十七日、徳川家康の十三回忌によまれた和歌で、同全集本は神宮文庫本を底本にするため、『鴫の羽掻』にはみられない歌人の家名などを記し、作者が明らかになる。後水尾院はじめ後陽成院の皇子が七人と多い。なお『良恕聞書』（京都大学国語国文学資料叢書45・46　一九八四・四　臨川書店）第二冊にもこの法華経廿八品和歌がみえるが、良恕はこの法華経廿八品和歌の作者の一人。

和歌は序品から勧発品まで順に記されている。ここでは和歌557～584の経文と品、（）内に岩波文庫本『法華経』の巻・ページと行、そして『良恕聞書』と福井県立図書館松平文庫本『集書』との校異、作者などについて記す。

557照于東方　序品（上・22・10）「御製」は後水尾院（一五九六～一六八〇）。後陽成院第三皇子。当該歌は『新編国歌大観』第九巻7『後水尾院御集』九七〇にみえる。同集一〇二〇・一〇二一もこの時の作。鈴木健一『近世堂上歌壇の研究』（一九九六年十一月　汲古書院）の「後水尾院歌壇主要事項年表」（三二九ページ）や同『和歌文学大系68後水尾院御集』（二〇〇三年一〇月　明治書院）参照。

558諸法実相　方便品（上・68・12）　智仁親王（一五七九〜一六二九）。

559悉是吾子　譬喩品（上・198・12）　伏見宮貞清親王（一五九五〜一六五四）。

560浄仏国土　信解品（上・222・14）　好仁親王（一六〇三〜一六三八。高松宮。後陽成院第七皇子）。

561現世安穏　薬草喩品（上・268・13）　九条忠栄（一五八六〜一六六五）。

562心尚懐憂懼　授記品（上・306・11）『鳴の羽掻』は「授草喩品」と記すが、561の薬草喩品との混同であろう。『集書』は誤らない。良恕法親王（一五七四〜一六四三。後陽成院の弟）。

563権化作此城　化城喩品（中・88・9）　尊性親王（一六〇二〜一六五一。後陽成院の皇子）。

564内秘菩薩行　五百弟子品（五百弟子授記品のこと・中・102・5）　尭然親王（一六〇二〜一六六一。後陽成院の第六皇子。三度、天台座主を務めた）。

565我願既満　人記品（中・122・11）　良純親王（一六〇三〜一六六九。後陽成院の第八皇子。一六一五年徳川家康の猶子）。

566法華最第一　法師品（中・152・3）　道晃親王（一六一二〜一六七九。後陽成院の第十一〈十三とも〉皇子）。

567在七宝塔中　宝塔品（中・188・11）『鳴の羽掻』・『良恕聞書』・『集書』ともに「在七宝塔」とする。尊純親王（一五九一〜一六五三。青蓮院に入室。諡号円智院）。

568竜女成仏　提婆品（提婆達多品・中・224・8）　三条西実条（一五七五〜一六四〇）。

569我不愛身命　勧持品（中・238・11）　日野資勝（一五七七〜一六三九）。第四句・あなたの命は―あたの命は（集書）。

570常有是好夢　安楽行品（中・282・5）　烏丸光広（一五七九〜一六三八）。第四句・うつゝもはかぬ―うつゝもわかぬ（『新編国歌大観』第九巻２『黄葉集』〈光広集〉・釈教・一三六五、集書も同じ）。

571 我常遊諸国　涌出品（中・３０２・９）総光―綱光（集書）。広橋総光（ふさみつ）（一五八〇～一六二九）。綱光は一四三一～一四七七の別人。

572 常在霊鷲山　寿量品（下３２・２）四辻季継（一五八一～一六三九）。

573 不久詣道場　分別功徳品（下７０・２）阿野実顕（一五八一～一六四五）。

574 如是展転教　随喜功徳品（下８４・５）日野光慶（一五八二～一六三〇）。

575 唯独自明了　法師功徳品（下１２０・１）中院通村（一五八八～一六五三）。初句・くもらしの―くもらしな（後十輪院内府集〈通村〉・一五〇九）。

576 我深敬汝等　常不軽品（下１３２・９）『良恕聞書』は「我深敬我等」とする。広橋兼賢（一五九五～一六六九、総光の男）。

577 即是道場　神力品（下１６０・５）柳原業光。

578 各還本土　嘱累品（下１７０・１）『良恕聞書』は「各還本出」とする。水無瀬氏成（一五七一～一六四四）。第二句・みな根にかへる―みな根にかへす（集書）。

579 如渡得船　薬王品（下２００・１３）円空（西洞院時慶、一五五二～一六三九）。

580 不鼓自鳴　妙音品（下２２２・５）西洞院時直（一五八四～一六三六）。

581 心念不空過　普門品（下２６０・１４）藤原永慶。

582 無諸衰患　陀羅尼品（下２７８・１４）飛鳥井雅胤（後に雅宣。一五八六～一六五一。雅庸の子、雅章の兄）。第三句・聞えてノ［ハの右側を欠く字］―聞えては（集書）。

583出家作沙門　厳王品（下296・9）烏丸光賢（一五八四～一六三六、光広の子）。『鴫の羽搔』は「出家作妙門」と誤る。

584作礼而去　勧発品（下336・2）『良恕聞書』は「作礼而巳」とする。近衛信尋（一五九九～一六四九、後陽成院第四皇子、近衛信尹の養嗣子）。

34　俊成卿九十賀和歌

建仁三年（一二〇三）十一月二十三日に和歌所で行われた藤原俊成（一一一四～一二〇四）の賀のうち、四季屏風歌十二首を記す。『新編国歌大観』第五巻399『源家長日記』四一～五二。他に独立した『九十賀記』もある。『鴫の羽搔』は「春帖」などとは記さない。以下に『源家長日記』との校異などを記す。

585霞　摂政は後京極良経（一一六九～一二〇六）。続後撰集・春上・四三。『新編国歌大観』第三巻130秋篠月清集・一三七七。

586若草　御製は後鳥羽院（一一八〇～一二三九）。『新編国歌大観』第四巻18『後鳥羽院御集』・一六三一。

587花　有家朝臣（一一五五～一二一六）。

588郭公　前大納言忠良（一一六四～一二二五）。第二句「鳴一声に」は「源家長日記」の流布本に同じ。日記中間本では「鳴べき声に」。

589五月雨　雅経（一一七〇～一二二一）。『新編国歌大観』第四巻15『明日香井集』（雅経）・一一二四。『鴫の羽搔』第二句・滝の白糸―滝の白玉（明日香井集）。

590納涼　女房讃岐。『鴫の羽搔』初句・ゆきかへる―ゆきかへり（源家長日記）。

591秋野　女房宮内卿

592月　御製。『新編国歌大観』第四巻18後鳥羽院御集・一六三七。『鴫の羽掻』初句・秋の月―秋の霜（御集）、第五句・霜のさえたる―月のさえける（御集）。

593紅葉　前大僧正慈円（一一五五～一二二五）。『鴫の羽掻』・第五句・むらしくれ哉―つしくれかな（源家長日記）。

594千鳥　女房丹後　新千載集・冬・六六五。

595氷　俊成女（一一七一頃～一二五二以後）。新千載集・冬・六四八。

596雪　定家朝臣（一一六二～一二四一）。『新編国歌大観』第三巻133『拾遺愚草』・一九一七。新千載集・賀・二三三三。『鴫の羽掻』・源家長日記、ともに初句・花山の―新千載集・花の山（ただし冷泉家時雨亭叢書本源家長日記は「はなの山」）。

以上である。『鴫の羽掻』が『源家長日記』のどのような本文を使っていたかを、源家長日記研究会『源家長日記校本・研究・総索引』（一九八五・二　風間書房）によって確認すると、中間本・流布本の本文であるが、589五月雨・593紅葉歌のような独自異文もある。

ま と め

以上のように出典となった資料をみてくると、『三体和歌』のようなまとまった作品ではなく、何かの作品の一部が採録されている場合のあることもわかった。数字に関する和歌を集めても、すべて都合よくゆくはずもなく、編者が作品を分割するのは当然であろう。繰り返しになるが一部分を利用したものを記せば、3四季和歌、4四隅和歌、7五味和歌、12六根和歌が明応四年の『水無瀬宮法楽百首』（後土御門院他）、5五行和歌、6五色和歌、9五方和歌が良経と定家の十五首和歌、14七夕七首和歌と29十如是和歌が文明十三年の「内裏着到和歌」を資料としている。ただしこれらについては、すでに『鳴の羽掻』のような形の作品があった可能性もあるので、原資料として指摘できるにすぎない。

以上のことから『鳴の羽掻』の資料性を簡単にまとめてみると、

1 出典には、まとまった作品のあるものとないものがあるが、あるものが多いので、ないものも既存の作品がすでにあったと思われ、編者が選んだものではないだろう。

2 広本ではなく略本を使用し、簡略にまとめている（三十六歌仙類が一人一首本など）。

3 流布本を底本にしているが、異文も記す。

4 中古から近世までの作品を幅広い範囲からえらんでいる。

5 藤原定家の尊重（5、6、15、16、27、30）と新古今時代の尊重（1、2、34）。

6 藤原公任撰の作品の尊重（11の①、26）

7 先行歌書との関係が見られる。

8 元禄四年（一六九一）刊と資料的に古く、依拠できる作品である。

などが指摘できると思う。簡略にまとまっているが、必要十分な知識がつまっているという姿勢である。この作品の啓蒙性でもあろうか。藤原公任や定家を尊重することも和歌史の伝統からみて妥当である。また定家ばかりでなく、新古今時代も重視している。巻頭に『三体和歌』を置き、巻末に俊成の九十の賀を配するのもその姿勢であろう。二十八の次が九十に飛ぶ不自然さにも目をつぶっている。後鳥羽院尊重と『水無瀬宮法楽百首』から多く採歌したことも、無関係ではないだろう。しかし、刊年に近い32の寛永五年の作品まで、近世の和歌も含む。

先行歌書との関係も、上野洋三『元禄和歌史の基礎構築』（二〇〇三年一〇月　岩波書店）所収の「近世歌書刊行年表」

に学びながら今後の課題として考えていきたい。承応元年（一六五二）刊『和歌七部之抄』の『三体和歌』とは、漢字仮名の使用がほぼ同じである。

『鴫の羽搔』の編者は、数字に対する興味、秀歌についての関心、歌人（歌仙）への尊敬など、多様な考えからこの集を編んだのだろう。四で川平が記すような、他の名数・数量和歌類との比較が必要であるが、しかし注目すべき作品の一つといっていいだろう。

また『鴫の羽搔』の本文には集付があり、勅撰集所収歌であることが示されている。校異も、「イ」と明記されているものと「イ」がないものの二様があるが、区別の理由は不明である。上掲に校異の一端を記したが、網羅的には記されないことも多いと思われる。こちらも今後の課題としたい。

四　名数・数量と和歌表現

冒頭で述べたように、一口に言えば『鴫の羽搔』は〈名数〉あるいは〈数量〉にかかわる和歌を数の順に寄せ集めた歌集である。主として近世の歌集類の中に「名数和歌」「名数和歌集」や「数量和歌」「数量和歌集」などの名称のもとに編集された書が散見される。『鴫の羽搔』もその種の〈数〉への関心に支えられた歌書の系譜に属する一例であり、中にあって成立時期（刊行年次）が定かなものであるゆえに注目されるのである。これらの名数和歌・名数和歌集や数量和歌・数量和歌集については、本影印の編者の一人である大伏が現在探索を進めつつある(1)。大伏の今後の成果を俟つことにして、ここでは『鴫の羽搔』の性格や位置の大略を知るために必要な範囲で〈名数〉〈数量〉の概念とそれにかかわる歌集類の一端を見ておきたい。

〈名数〉の概念はもともと漢語であり、その起こりは中国にある。先記したように、「名数」とは、ある範疇に属する名称を一定の数に従って挙げるべく作られる語彙のことであるが、〈名〉と〈数〉とを結びつけて語彙を考えるという発想は日本にも導入され、また大いに好まれもして、ことに近世、〈名数〉を取り上げた書が数多く作られた。[2]最も著名なのは、漢籍の名数の要を採って本邦のそれを加えた貝原益軒の『和漢名数』である。延宝六年（一六七八）初刊。元禄五年版に見える元禄二年の序[3]（原漢文）の中で、益軒は自著について、二つの漢籍の名数の書、すなわち宋の王應麟『小学紺珠』十巻、明の張美和『群書拾唾』（十二巻）[4]のうち最も「切要」にしてよろしく熟読すべきものを約して輯め、また二書に不載のものは遺を拾い闕を補うものであることを述べた上で、

夫(そ)の本邦の典故・人物・事跡の名数のごときも、また学者識らずんばあるべからざるものなり。故に併せてこれを録し、類聚して一編となし、これに目(なづ)けて和漢名数と曰ふ。もつて児童の背誦に便せんと欲すと云ふこと爾り。

と編集意図を簡約に記している。『和漢名数』は益軒の生存中に貞享二年版・元禄二年版・元禄五年版と版を重ね、元禄五年には人見竹洞（野節。寛永一四（一六三七）―元禄九年（一六九六））の序を掲げた続編『続和漢名数』（和漢名数続編）三巻三冊の刊行をみている。正徳四年（一七一四）、益軒没してのちも、正編に明和二年版・天保六年版があり、続編にも享保二年版・享保六年版が知られる。また元禄期には、貝原益軒の関与したもの以外に、山中正利編『和漢名数』（元禄七年刊）、上田元周編『和漢名数大全』（図解和漢名数大全。元禄八年刊。享和三年版・天保一三年版も）があり、特に後者には江戸末期に『和漢名数大全続編』（弘化四年（一八四七）刊）『和漢名数大全三篇』（嘉永二年（一八四九）刊）と続く続輯の小本も刊行されている。元禄期を一つのピークとして江戸末期に至る間の和漢名数関連書の流行を窺い知ることができよう。近世、その他にも諸種の領域に亙る名数の書が陸続と刊行されており、〈名数〉についての知

的な興味や知識に対する需要がまことに巾広く存在したのである。近代以降、現代においても、そうした〈名数〉の知的蓄積を踏まえて関心を新たにしようとする試みは絶えることがない。たとえば東京大学史料編纂所編『読史備要』（一九六六 講談社）の付録に「名数一覧」があり、〈名数〉を集成した名数辞典の類は二三に止まらず、広く行われている。それらの具体例や〈名数〉自体の興味深い歴史についてはここでは省略し、『鴫の羽搔』もまた、こうした〈名数〉の書の歴史や系譜の中で位置づけられるべきことを確認しておきたい。

一方、〈名数〉に近しい概念に〈数量〉がある。「数量」は無論、和算などの領域においては重要となるが、〈ことば〉にかかわる「数量」の概念としてよく知られた例は古辞書類に見られる。たとえば節用集における語彙分類の範疇としての「門」の名にいう「数量」がそれである。枳園本節用集の「伊」（い）の「数量」門に「壹 貳 参 肆 伍」以下を挙げ（「一位」に続けて「一種 一瓶 一同 一途」以下「一生 一滞 一言 一統」などと掲げられている「一」を冠する語彙群は「言語」門に位置づけられる）、「波」（は）の「数量」に「八音」「八宗」「八苦」「八功徳水」「八福田」を挙げ、また易林本節用集「路」（ろ）の「数量」門に「六親」「六畜」「六腑」「六根」「六塵」「六識」「六通」「六波羅蜜」「六月」、同じく「波」の「数量」門に「八月」「八虐」「八苦」「八代集」「二十(ハタチ)」「八講」「八千昧」をそれぞれ挙げているごとくである。[5] まさしく「数量」にかかわる語彙を列挙しているのであるが、中の語をたどると察知されるように、単に数字を含んだ語というだけではなく、一定の範疇に属するいくつかの名称を背後に含み持った「名数」にかかわる語彙が数多く掲げられている。事実、たとえば枳園本「数量」の「八音」の語の後には「金(キン)石(セキ)絲(シ)竹(チク)匏(ハウ)土(ド)革(カク)木(モク)」のように、名数としての「八音」（八種の楽器）の内訳が細注されている。「八宗」「八苦」の場合も同様である。[6]つまり「数量」という範疇は「名数」のそれと重なり合っており、双方の間に範疇上の境界を立てにくい。和歌の場合も同様で、テキストとして存在する名数和歌・名数和歌集と数量和歌・数量和歌集の中身は入り組んでおり、互いの領域を明確に区別することは難しい。むしろ〈数〉の観点から和歌を眺め、作品を寄せ集めるという共通の関心軸がまずあって、当の関心軸に基づいて、一方では「名数」の概念を名目とするテキストが、また一方では「数量」の概念を書名として掲げたテキストがそれぞれ編録されたのだと考えられる。「名数」「数量」にかかわる歌集類のテキストはそうした意識の共有――その根底にあるのは、〈数〉のもつ不思議な魅力であろう――を背景として成立し、また享受されてきたのが実状だったのではなかろうか。

そこで、当の和歌の領域における「実状」を確かめるために、書名に「名数」や「数量」を冠している歌書の具体例をいくつか例示してみよう。

まず「名数」を冠したもので板本化されて流布した歌書に、鳥飼酔雅子（吉文字屋市兵衛）編『名数和歌選』三巻三冊がある。明和元年（一七六四）刊[7]（寛政年間版・文化五年版も）。編者は、序で「敷嶌の道の代ゝ絶せぬ」ことを寿いだあと、

夫が中に、数目によれる哥を、見るに随ひて年比拾ひ集しを冊子となし置ぬるは、其ひとつよりかぞへて見るに便あらましと思ひよりて

云々と編集意図を述べるが、同時にここには読者の嗜好に応えようとする意図もほの見える。本書は書名にあるとおり、また編者が物した他のいくつもの書と同様に「絵本」[8]であり、一部の例外（二面のみ）を除きほぼすべての面に絵を挿入していて、きわめて視覚的である（絵師は月岡雪鼎（丹下））。本文中の漢字の多くに振り仮名を付しているのも対象として想定される享受者層を慮ってのことであろう。その本文は、各冊とも一面の上段三分の一に横の界線を引いて画し、一旦上段のみに、ひと渡り各部を配置している。すなわち上巻には「一／首／之部／并／扇／面」（横

書き。以下／の改行の表示と、付されている振り仮名を（一部を元のまま残し他は省いて）引用する）「一首并書法」、中巻に「一首二首之部」「三首」、下巻に「四首」のように部を分ける。右の順に各部に属する名数和歌を収めたあと、最初の上巻に戻って、下段に、引き続き「五首六首之部」（「三躰和歌」は「三首」ではなく「六首」の部中に良経・家隆の各六首（良経歌については二首ごとに「高哥」「痩哥」「絶哥(ママ)」の例として、家隆歌については同じく「長高体」「有心躰」「幽玄体」の例として）掲げている）ならびに「七首八首之部」を、中巻に「拾首之部」「十有二首之部」、下巻に「大数之部」「歌僊の（農）部」を、それぞれたどりうるように構成している。具体例を参照してみよう。たとえば中巻から下巻の上段に跨っていて、分量としても「一首」の部と並んで挙例の多い「三首」の部の内容は、次のごとくである（後の括弧は川平の注）。

三代集寄哥(よせうた)（「古今 梅によす」「後撰 桜に寄(よす)」「拾遺 山吹に寄」。山家集（一一六七〜一一六九）に「庚申の夜、孔子(くじ)くばりをして歌よみけるに、古今、後撰、拾遺、これを、むめ、さくら、やまぶき、によせたる題をとりてよみける」として載せる三首）

三夕哥

清輔叡聞哥（袋草紙・雑談に、詠歌によって加級に与り「二世難レ忘之故」として自記している三首）

三之忘水（新後撰集・恋六・一一七二・寂超、続後撰集・夏・二〇五・隆房、後拾遺集・恋三・七三五・大和宣旨の各詠。掲出順は「大和」「摂津」「国不勘」の並びに従った故か）

三所野嶋哥（千載集の「野島が崎」詠。雑下・旋頭歌・一一六六・顕輔、羈旅・五三二・俊成、雑上・一〇四五・俊頼。それぞれ安房・近江・淡路と注記する）

住吉之三忘（住吉・住の江の「忘れ何」の歌。「忘水」詞花集・恋下・二三九・範綱、「忘草」古今集・墨滅歌・一一一一・

貫之、「忘貝」新勅撰集・雑四・一二七九・読人不知）

躬恒・忠岑に問哥（参議伊衡の問と躬恒・忠岑の答。拾遺集・雑下・五一三〜五一五）

音無三所哥（紀伊「音なしの河」拾遺集・七五〇・元輔、山城「音なしの瀧」詞花集・二三二・俊忠、伊勢「音なしの山」夫木抄・雑二・山・八二六六（本書は作者を長明とする。夫木には「紀伊又陸奥」。伊勢記抜書所載））

琴詩酒（古今集・恋二・五八六・忠岑、玉葉集・雑三・二二六九・伏見院、雪玉集・五・二二四六）

小鳥哥 山家集（山家集・下・「ことりどものうたよみける中に」一三九九〜一四〇一）

三曙之哥（千五百番歌合・一〇七番左・良経（秋篠月清集・八〇七）、同一四七番左・俊成、拾遺愚草・下・春・二〇六二）

秘訣口傳（以下、下巻所載）

古今和哥集三ヶの大事（「三木之傳」「三鳥の傳」の各該当歌と、「みたりの翁の傳」（長文の釈義あり））

古今和哥集　物名（「うぐひす」「ほととぎす」「うつせみ」の詠とそれぞれについての釈義

中には「三夕歌」のように、すでに名数歌として定着している著名なもののある一方で、特定の集に一定のモチーフをもって並んでいるゆえに採ったもの、或るモチーフの歌を諸集から拾ったものなどの、いわば選ばれた（あるいは作られた）名数も含まれている。ここの「三首」部に限らず他の部もほぼ同様であって、先掲した各部ごとに、一定の数字にかかわる歌作品を軸として和歌に関する雑多ともいえる事典的な知識が寄せ集められている。そうした集成のありようの中に、読み参照し検索するものであると同時に、見るもの眺めるものとしての書を編録しようとする意図を窺いうる。また和歌の書法・書式にかかわる、

是より扇に哥の書やうをしらしめる也、其ちらし様ハ段〻の次第を見てしるべし、勿論先扇にはかりそめニ書かざるもの也、人ニ望まれ書ならバ絵にかゝらぬやう、うらの骨なきところより書べし

（「一首之部并扇面」部の「扇に哥書法（かくほふ）」）

右色紙に哥の書方（かきかた）、大かたをあらはす也、其外書法さま〳〵にかわれとも、多く此法より出たるなり、又ちらしたる書法をこれより次第に書べきなり

（「一首二首之部」）

などの記載は、筆を執る者あるいは書を鑑賞する者にとっての実用的な知識を組み入れようとする指向を示すものと言えよう。その他、本書の含む諸性格については、編者の物した他の書と照らし合わせてさらに検討すべき点が少なくない。(9) 惣じて『名数和歌選』は江戸中期における名数和歌関係書の性格をよく映し出していると見られる。

翻って、先行する元禄期の『鴫の羽掻』を眺めると、「絵入」である点で系譜的に『名数和歌選』へと確実につながっているものの、必ずしも絵を全編を覆う基本枠としておらず、むしろ和歌作品を資料として並べ置こうとする意図の方がなお優位である――言い換えれば視覚性（visuality）に差がある――ように見える点において異なっている。

次に、下河辺長流（寛永四年（一六二七）―貞享三年（一六八六）。年齢に異説も）の編とされる静嘉堂文庫蔵『和歌名数分類』（五二一・一〇 一冊写本）を参照してみよう。(10) 同書の表紙中央には「和哥名数分類 六十一首／壹」と外題が直書きされ、その右の綴じ目寄りに「下河辺／長流翁編」と同筆で書かれている。後人によるものではあるが、下河辺長流の編であるという認定を信ずれば、本書は『鴫の羽掻』に先行する、江戸初期に成立した資料ということになる。

本書には、内題の「名数和歌分類――」に続いて「一」から数字を追って標目ごとに該当する名数の内容が列記されている。標目数は六二。外題注記にある「六十一首」とは、その標目数を意味しているのであろうか（所載歌数自体は一八〇首近くに上る）。所掲の標目のみを本文中の字句のまま煩を厭わずすべて抜き出すと、次のとおりである（便宜的に通し番号を付す）。

1古今集第一之哥
2一首無同字哥
3和歌一字贈答
4一字変異和哥
5和哥の父母
6和哥二聖
7和哥後二聖
8清紫二女彫簡*（*「雕」を誤写したか。ただし頭書（同筆）の「彫ヵ」による。）
9兼好頓阿両僧贈答沓冠和哥
10寄三代集和哥三首　西行法師
11三時釈教和哥
12西三条三世哥人
13古今集三木三鳥
14源氏物語三ノ秘訣
15徒然草三秘訣
16三玉集

17和哥三大物語
18和哥三神
19定家卿三部書
20三翫案和哥
21三冷秀哥
22三賢十首
23盈詞哥三首
24三教一致哥
25三諦和哥
26同文三名哥
27三曙和哥
28三夕和哥
29三体和哥
30四季和哥
31四隅和哥
32四季神祇　定家卿
33四季月　定家卿
34商山四皓和哥

35和哥四家式
36和哥四家髄脳
37喜撰式和哥四病
38和哥四天王
39和哥四書
40古今集撰者四人
41鄙詞四首
42五行和哥　定家卿
43五色和哥　定家卿
44五味和哥
45五常　慈鎮和尚
46五方　後京極
47五行和哥　後京極摂政
48五色和哥　後京極
49五波羅蜜和哥　後京極摂政
50和哥五家髄脳
51和哥五種物語
52和哥五部書　和哥五史トモ

53五社百首　俊成卿
54百人一首五部抄
55梨壺五人
56梨壺五哥仙
57新古今集撰者五哥人
58古今集五ヶ条不審
59難題和哥五首　徹書記
60五行無常和哥　権大納言師兼
61五典和哥　後水尾院御製
62五節供和哥

『鴫の羽搔』との関連で言えば、本書は次の三点において注意される。第一に形式において。頭に○印を付して名数の標目を掲げる形式は両書とも同じである。第二に、内容においては、和歌作品を多く掲出するものの、項目の性質上、歌はなく関連する事項を列記している点で『鴫の羽搔』とは異なる。すなわち6・7・12・38・40・55・56・57のように歌人名を、8に「枕草紙」「源氏物語」を挙げるのをはじめとして、16・17・19・35・36・39・50～54などのように、家集や歌論書類を含む広く和歌にかかわる書物の名や、13・14・15・58のように事項のみを記す場合がそれである。本書は「名数にかかわる和歌」を集めたと言うより、むしろ「和歌にかかわる名数」を分類・列記した書とすべきかもしれない。第三に本文においても注意される。右に一覧したうち、ゴチック体で示した九項目は『鴫の羽搔』と共通している。しかも28「三夕和哥」29「三体和哥」のみは順序が逆であるが、この部分を除く30・31、42～46はすべて同じ順序で『鴫の羽搔』に並んでいる。重ねて表示すれば、

『和歌名数分類』の標目順序　28・29・30・31・42・43・44・45・46
『鴫の羽搔』の標目順序　②①③④⑤⑥⑦⑧⑨

のごとく対応しているのである。最も注目されるのは、右記した相互に重なる掲出歌の本文が双方ほぼ同一であることである。『三躰和歌』に至っては、互いの本文と併せて、施されている肩注ならびに校異の本文すら一致している。

右を根拠に、すぐさま本書は『鴫の羽搔』の粉本ではなかったかと推測することは可能である。確かに『和歌名数分

類』の当該部分を切り出して配置すれば『鳴の羽搔』の並びを構成することが可能となる。無論、逆の場合すなわち『鳴の羽搔』を参照し編入したというコースも考えうるが、長流編を前提として『和歌名数分類』の先出性を考慮し、本文中のいくつかの徴証（細部については省略する）に基づけば、『鳴の羽搔』所載資料の本文を直接取り込んで『和歌名数分類』を編成したという経路は否定される。ただし、当該の『和歌名数分類』は、見られるとおり「五」までの和歌名数のみを収録した書であり、現存本は未了の稿本であるのかもしれない。また先記した外題注記に「壹」とある点を重視すれば、現在のところ他に伝本のない静嘉堂文庫本は残欠本であって、本来「六」の名数以降を載せた後続部分が「貳」「参」などの別冊としてなお存在していたかもしれない。したがって今は「粉本」説の可能性を想定するに止めて、その可否については資料の探究と検証を俟つことにしたい。

『和歌名数分類』の性格は以上略述したとおりである。絵をもたず、また和歌のみでなく人名・書名・事項にかかわる名数を掲げ、解説や注記をも加えている当該書の特色をつづめて言えば、和歌名数の諸項目を資料として正確に書き留めようとする意図が現れていることである。それは掲出した資料の出典等に関して「十訓抄ニ出」「猶委彼抄」「秘訣在ニ別紙ニ」などの注記を所々に記入して、考証的な面を見せていることにも通ずる。資料性への配慮は『鳴の羽搔』にも認められるところであった。しかし考証的な側面は稀薄であり、資料性を保ちながらも、絵をも挿入しつつ読者の興味や嗜好を意識して一歩大衆性へと接近している点に『鳴の羽搔』の特色ならびに『和歌名数分類』との相異を見出すことができるのではなかろうか。

他に「名数和歌」「名数和歌集」として伝わり、所在の知られている歌書は一二に止まらない。「名数和歌」に、宮内庁書陵部蔵本（二六四・四六四）一冊、国立歴史民俗博物館蔵高松宮旧蔵本一冊があり、「名数和歌集」には、宮内庁書陵部蔵本（伏・三二三）一冊、国立歴史民俗博物館蔵高松宮旧蔵本四本各一冊、早稲田大学図書館蔵本三冊（特

〈四・一六五六・一―三〉、仙台伊達家蔵本三冊（未見）などがある。うち早大図書館本は国書刊行会稿本で、「上」に「三寶 月清集 後京極」「和歌三体 同」以下、「中」に「和歌十躰」「和歌九品」以下、「下」に「新百人首」「畠山十二月繪詩歌」以下をそれぞれ収めている。網羅的な名数歌集であるが、「下」の末に「詠歌大概」「詠歌一躰」「先達加難詞」を載せているように、「名数」の範疇意識においてややルースな一面をも見せている。

「数量和歌」「数量和歌集」に目を転じてみよう。既述したように「名数和歌」「名数和歌集」との境界は厳格に画しにくく、入り組んでいるのであるが、「名数」の場合と同様に、「数量和歌」「数量和歌集」の名をもつ歌書もまた少なくない。それらの中には、和歌叢書類に「数量和歌」の名目で個々の数量和歌をいくつか収めている例もある。書陵部蔵『先代御便覧』（二六五・一一一三）第二八冊所収、同蔵『片玉集前集』（四五八・一）所収五部などがそれである。名数・数量にかかわる歌を諸所に散りばめているゆえに〈数〉にかかわる歌の宝庫とも言える和歌叢書類はそれとして、ここで主として問題となるのは、比較的多くの数量和歌を一書に寄せ集めた歌集類の場合である。その種の資料として、書陵部蔵『数量和歌 四三種』（伏・一二六）一冊（邦忠親王 享保一六年〔一七三一〕―宝暦九年〔一七五九〕写）、国立歴史民俗博物館蔵高松宮旧蔵本『数量和歌』一冊などが知られる。とりわけ注目されるのは、宮内庁書陵部蔵本（二一〇・七一六）・東北大学附属図書館蔵本（正徳六年写本の写本）の伝本をもつ『数量和歌集』である。同集は上巻に「古歌仙」以下、下巻に「三体」以下を収めた、文字通りの数量歌集である。書陵部本に即して早く宮内庁書陵部編『図書寮典籍解題 続文学篇』（一九五〇・三 養徳社）の解説するところであるが、日下幸男は当の書陵部本を、書写者である北条氏朝の事績をたどる中で再検討している。[12] 日下の記述に従って言えば、同集は次の諸点において注目される。

第一に、下巻に見える飛鳥井雅章の、承応二年（一六五三）の本奥書、

右数量和歌集二冊者、依／勅命、令撰進之者也。

飛鳥井一位／雅章在判

時承応二癸巳季秋九月上浣

から、後水尾院の勅命により飛鳥井雅章が編したという原著の成立事情と、江戸初期堂上における数量和歌への関心のほどを知りうること。第二に、下巻に見える貞享二年（一六八五）風観斎長雅の奥書中の、「自堂上申出、写留之訖。寔此道之詮要、奈加之哉。最可秘珎者也」の文言や、平間長雅より同集を借りて精写している北条氏朝の書写奥書（宝永四年〔一七〇七〕）から、堂上圏の知的所産が地下へとどのように珍重されながら受容されていたかを知りうることである。ちなみに日下幸男は、氏朝の後年の事績として、正徳二年（一七一二）、長雅の門弟である水田氏長隣から長隣筆の『中院三燈集』（書陵部蔵本）を与えられたことも合わせて紹介している。[13]『中院三燈集』はまさしく数量和歌集の一種。書陵部本に見える同年十一月上旬の長隣奥書の文言、

右者、中院前内府通茂公家之聖撰／に三燈集といふものあり、［所謂夜農燈、／残る燈、朝余花］、是也。／各数量之和歌也。是より先にや、飛鳥井家／に秘珎とし給ふ数量集、御家蔵にあり。／是に出たるは除之。猶梓にちりはめて世に流／布せるも亦是を除きて清書し、一本とす。／尤未曾有といひつへし。今依貴家之命、写／之、奉備高覧訖。但、新写、古写転々之／不審等、重而可加吟味者也。

は、堂上圏における数量和歌関連書の伝存、板本の刊行と流布、それらの状況のもとでテキストを勘案しつつ書写する地下の人々の受容の様を如実に伝えている。

なお注意しなければならないのは、右の『中院三燈集』などからも察知されるように、「名数」「数量」という名辞

は直接表に見えないものの、他の書名のもとに一括合写された和歌資料の中に、名数和歌・数量和歌の要素をもつ諸資料がいくつも採入されて、実質的に「名数和歌集」「数量和歌集」と選ぶところのない歌書も見られることである。たとえば宮内庁書陵部蔵本『歌書集成』（二五五・一〇九）一冊、福井県立図書館蔵松平文庫本『集書』（M九九一・一〇八・二五・一―二）二冊、斎藤報恩会蔵本『歌仙和歌集』一冊（国文学研究資料館蔵マイクロフィルムによる）、国立公文書館蔵内閣文庫本『［歌書］』（二〇一・三九〇）一冊などはそれである。このうち松平文庫本『集書』は最初に「数哥　仙洞御撰」とある標目を置いている。その内容は、歌頭に「一」～「十」の語の見える歌各一首を『千載集』以後の勅撰集から抜き出したものであり、必ずしも当該『集書』の全体に及ぶ標目ではないが、おおよそ江戸初期までの数量和歌類――まさしく「数」の「哥」――の資料群を集録した本書の冒頭の標目は江戸初期堂上圏における関心のありかを伝えて象徴的である。

また内閣文庫本『［歌書］』は題簽に「百人一首始／風早公前卿書集」とあり、「百人一首」「新百人一首」や「詠歌之大概」あるいは「未来記」「雨中吟」などをも載せると同時に、「十二月花鳥哥」「十躰和歌」「十牛和歌」等々の明らかに名数・数量を意識した資料群を収録している。全体の奥に次のように見える。

右一策者以参議公量卿／之所蔵謄写畢限四日／旹／天和二歳在壬戌大呂二／十有九蓂／藤原公前書

天和二年（一六八二）、姉小路公量所蔵本を書写した旨の風早公前（この年一七歳。前年に名を公寛から公前に改めている）の奥書である。先掲の書陵部蔵本等の『数量和歌集』の本奥書に見える承応二年よりは下るものの、この種の書の流布を、年次をもって知りうる点で興味深い。

右記した類型に属する書をも含めて、「名数」「数量」にかかわる歌書類の裾野は広い。既知・未知の資料を探索して、それらの資料性を明らかにすべきであろう。おのずと『鴫の羽掻』の解明も、そうした作業を媒介としてさらに進められるに違いない。

以上述べたところを踏まえて、『鳴の羽搔』をより広い文脈の中で位置づけるために、あらためて留意すべき点や考えうる点をまとめてみよう。

（1）ここで問題にしているテキストは、「名数」「数量」の書の流行という現象の一齣に他ならない。しかし担い手たちの意識の側について見れば、それは、中世以来蓄積されてきた資料群と新たに堂上圏で形成されつつある成果を、一定の主題をもって集成し分類・類聚しようとする、江戸初期における時代の関心や指向に支えられていたであろう。そうした関心や指向が以後、堂上圏において継承され同時に地下へと流入・浸透してゆく文化的な動態の中に『鳴の羽搔』をおいて捉えることが課題となる。(14)

（2）集成し分類・類聚しようとする指向は、一面ではきわめて分析的な指向とも重なり合っている。たとえば野田忠粛（慶安元年〔一六四八〕—享保四年〔一七九九〕）の編した『万葉類句』や勅撰集・私家集の諸集について作成された「類礎」に一つの典型を見ることができるように、個々のテキストについて歌句や語彙を網羅的に集成・分類・類聚する指向は、同時にことばを一旦は細分化し断片化して、徹底して分析するという指向によって裏打ちされている。そうした集積と分析との相補性を支えているテキスト意識は、どのような内実をもっているのだろうか。

（3）この種のテキストは何のために編集されたのかという問いを立てうる。目的の一つは実用性であろう。すなわち「名数」「数量」にかかわる和歌表現の語彙を検索し参照し確認するというプラクティカルな用途のための書としての側面である。早く福井久蔵『大日本歌書綜覧』は、『鳴の羽搔』を簡約に解説した中で、「駢字類篇などやうの数にて引くに便よき例に倣へるか」[15]と、漢籍における熟語の用例検索のための工具がヒントとなって編まれたかとしている。先に引いた鳥飼酔雅子編『名数和歌選』の序にも、「其ひとつよりかぞへて見るに便あらましと思ひよりて」とあった。確かに「便」（便宜）は直接の目的であり契機でもあっただろうし、実際に然るべく用いられもしたであろう。ただし結果として編まれたそれらのテキストは、一方で和歌詠作のための実用的な工具としてどこまで有効であっただろうか。すなわち資料と和歌詠作との具体的な接点如何も問題となる。

（4）読者・享受者の目を意識した「絵」の視覚性とその位置もまた問題となる。ちなみに、『鴫の羽掻』所載の絵のうち「瀟湘八景」図については、すでに宮川一翠子道達による絵入の『瀟湘八景詩歌鈔』（貞享三年序、同五年〔一六八八〕刊）という先蹤がある（同鈔所載の絵は「瀟湘八景」の八面のみ）。おのずと『鴫の羽掻』の編者も刊行時に『詩歌鈔』の絵を参照しえたはずである。強いて言えば、『鴫の羽掻』の「洞庭秋月」図などはどこか『詩歌鈔』のそれに似る。もっともその類似は「洞庭秋月」図の構図のヴァリエーションの範囲内にあるものかもしれず、他の七景すべての絵に準拠や模倣を明瞭に証示しうる訳でもないから、即断は控えなければならない。右も含めて、先に記した『鴫の羽掻』所載の絵の個々の事例全体について、時代の目の水準に照らしたとき、どれほどの類型性と独自性をもつものなのか、あるいはその具体的な由来はどこにあるかを検証してみるべきであろう。[16]

（5）テキストの成立事情やテキスト内外の文脈自体をやや離れて言えば、名数・数量にかかわる歌集類から抽出しうる問題の一つに〈枠〉の問題があるだろう。数・数字の次元（numericalなもの）と概念・範疇をもった名辞の次元（nominalなもの）とが噛み合わされて特定の〈数量〉〈名数〉の枠が設定されるとき、当の〈枠〉に依拠して歌人（たち）はそれぞれに詠作を試み、作品が産出される。〈枠〉は詩的想像力を触発し作品に輪郭と方向を与えるのである。建久二年（一一九一）頃の五行・五方・五色からなる良経・定家の十五首の唱和（秋篠月清集一四八五〜一四九九、拾遺愚草・員外三一七〇〜三一八四）や、慈円「春日百首草」中の四季・三国・五常・三世・三界・九宗・五時・十界・十如・三宝・三身・四土・五大（拾玉集・三二六八三〜二七五〇）の詠などはその好例である。また一方で〈枠〉は新たな〈枠〉を増殖させてゆく。たとえば「歌仙」の六・六六の枠は次々と秀歌撰や歌合の結構を促し、「八景」の枠は諸種の八景和歌・八景詩歌の類を案出させてゆく。枠は連想を誘発しさらに伸展させてゆくのである。そうした想像力の働きの中に、言語的-文化的な型（パターン）や類型（タイプ）も現れる。この点を、特に後者の「八景」の場合について、あらためてテキストに立ち戻って確かめておこう。

『鳴の羽掻』で、本文ならびに挿入されている絵の分量において最も多いのは「八景」の部分である。当該部分の内容・構成は本解題の前節「三」で示したとおりであるが、重ねて一覧すると次のごとくである（表示は元のまま）。

八景和歌　定家卿作
八景和歌　御製 後小松院
八景和歌　明魏作
八景和歌　雅世作
八景和歌　頓阿作
八景和歌　実隆作
南京八景（良基・公忠・雅幸・公勝・実俊・為重・善成・実遠）
近江八景　関白時嗣公ィ近衛三藐院信尹公

修学寺八景（智忠親王・堯然親王・道晃親王・雅章・資慶・具起・通茂・雅喬王）

源氏八景（「はゝ木ゝ夜雨」以下）

先に触れた資料と照らし合わせてみよう。宮川道達編『瀟湘八景詩歌鈔』所載は、下段の主本文に玉礀（澗）の瀟湘八景詩と伝冷泉為相詠（よく知られた伝定家作の八景和歌を為相作と認定している）を載せて注釈し、鼇頭には玉礀のいま一篇の詩を含む八景詩群と八景和歌群を掲げている。詩の作者は巻末の「補遺」をも加えて計三五名、和歌の作者は、為相のほか、為兼・明魏・頓阿・後小松院・上冷泉為尹・飛鳥井雅世（二首目「遠寺晩鐘」以降は「宋世」（飛鳥井雅康）の名で載せる。実質は雅世の八景歌）・栄雅（飛鳥井雅親）・逍遥院（三条西実隆）・沙弥桂祐らの一〇名である（なお鼇頭の末尾に「瀟湘八景」以外の八景詩の各題四種と八景の名二種とを付記している）。またこれも先記した福井県立図書館蔵松平文庫本『集書』所載の八景関連は、以下のとおりである。

「八景　玉澗」「又　玉澗」「八景　定家卿ィ為相卿」「八景和哥　為尹卿」「八景和哥　為兼卿」「八景和哥　後小松院御製・明魏・雅世・頓阿」「八景和歌　逍遥院」（各題二首）「八景和哥　宋雅（「栄」の誤か）」「八景和哥」（兼良・雅親・正徹・賢良・持為・道賢・堯孝・正広）「江州八景」（詩、朴長老。各題二篇（最末に「以八景為一首」として二篇を付加する）。各詩の後に作者、関白時嗣の名で和歌を載せる）「南京八景詩歌」（各題、詩と和歌。詩の作者は、近衛道嗣以下、和歌の作者は良基・公忠・雅幸・公勝・実俊・為重・善成・実遠）「陪水本松房詠八景和哥　隆源法師」「修学八景」（各題、「笠隠（金地院）」以下の詩と、堯然親王・智忠親王・道晃親王・雅章らの和歌）「御室八景　雅章卿」「源氏八景」（「箒木夜雨」題以下の和歌）「源氏八景」（同上各題により『源氏物語』の原文を抄出

「八景」の枠のもとで、あたかも枠が発条（バネ）のように働いて諸種の変奏を「増殖」させてゆく様を見ることができる。名数和歌・数量和歌にかかわる歌集類とは、それらの増殖してゆく作品群の変奏を寄せ集めた資料にほかならない。

さて右二書の所載内容と比較してみれば（直接の影響関係如何は別として）、『鳴の羽掻』で選び取られているものは明瞭である。すなわち『鳴の羽掻』は、八景の詩をすべて捨てて、和歌に焦点を合わせて作品を集めている（ただし「源氏八景」については、二種あるうち、むしろ和歌のみの本文ではなく『源氏物語』原文を抄出したタイプの本文を採っており、必ずしも八景和歌のみに限っている訳ではない）。そして原型となる周知の「瀟湘八景」図を入れ、他に、具体的な土地・場所の景観と結びつくゆえに図像としての効果の高まる「南京八景」「近江八景」「修学寺八景」以下の三種の絵を加えている。右の三種は、早く内藤湖南の指摘したように、[17]八景すべてに個々の土地の名を比定して止まない――いわゆる「唐八景」としての「瀟湘八景」で土地の名が直接結びついているのは本来「瀟湘夜雨」「洞庭秋月」の二題のみである――日本的な発想の現れた典型的な例と捉えられる。また一面では、右三種は江戸初期における名所――歌枕的な八景の代表例であったと見られ、「瀟湘八景」と合わせて四種をまとめて一書とする本（書陵部蔵『八景和歌』F四・三、家仁親王一五歳、享保二年〔一七一七〕写）なども存する。『鳴の羽掻』は前代までに蓄積されてきた八景の代表例を収録していることになる。

＊

振り返ってみると「鳴」は早く『万葉集』に、

翻り翔る鳴を見て作りし歌一首

春まけてもの悲しきにさ夜ふけて羽ぶき鳴く鳴誰が田にか住む　（巻十九・四一四一）

のように詠まれている。[18]そののち『古今集』の先引した「鳴のはねがき」歌（同歌は『古今和歌六帖』六・四四七一にも）をはじめとして以後の王朝和歌における「鳴」は、その声や姿が哀れをもよおす歌材として定着し、その羽掻きのさまは、やるせない恋のやや類型的な比喩ともなって詠み継がれる。そして著名な西行の歌が登場する（『鴫の羽搔』にも「三夕和歌」の一首として絵入りで収録されることとなる）。

心なき身にもあはれは知られけり鴫立つ沢の秋の夕暮　（新古今集・秋上・三六二）

鴫の飛び立つ気配とそれを包み込む沢辺の秋の夕暮の景観は、見ている主体の内面に深く沁み入るのであるが、当該歌は「猶ふかき心いひはてぬ哥なり。是はさかひにいたる程吟味ふかゝるべし」（東常縁原撰本『新古今集聞書』[19]）のごとく、中世の人々の心をも惹きつけて止まなかった。

ただし中世の「鴫」をたどるためには、西行歌を一つの徴標として、『六百番歌合』に「秋田」と「広沢池眺望」の間に置かれた「鴫」題歌群と衆議・批評の様、ならびにその行くえを子細に追ってみるべきであろう[20]。その作業は措くことにして、ともあれ、こうした「鴫」の表現史を踏まえ、書名にも転用しながら、『鴫の羽搔』の編者は〈数〉への関心を基軸として特色あるアンソロジーを編輯したのである。『鴫の羽搔』と所載の和歌を通じて、和歌表現と〈数〉との結びつきや日本語・日本文化における〈数〉に対する想像力の一端を窺いうるとともに、何よりテキスト自体に、和歌史のための資料的な価値を認めうることは既述したとおりである。

ちなみに、外題に「冷泉家秘決　外四種合本」とある架蔵本の中に『三躰和歌』が合写されている（寛政三年〔一七九一〕写）。同和歌の伝本としては、いわゆる末流の一本に過ぎないが、その本文に施された校異（書写の翌年、寛政四年に施された勘注がある。校異の作業も同年のものか）に、「シギノハ子カキニ」「ハ子カキニ」の注記の見られることは注意される。すなわち、目の前にある写本の本文を、通行の版本である『鴫の羽搔』冒頭所載の「三躰和歌」の本文と校合しているのである。『鴫の羽搔』は、初版の刊行された元禄四年当時、あるいはそれ以降の江戸期の人々が参照することのできた、版本化された流布本的な本文としての一面をもつ、と言うこともできるであろう。右に見られるささやかな痕跡は、元禄四年から丁度一世紀のちに、『鳴の羽搔』が読書行為の中でどのように用いられていたかを垣間見させてくれる。

既述したように本書の現存伝本は決して少なくないが、以上略記したような意義や位置を担っている『鳴の羽搔』を手近で利用しうるように影印し、検索の便宜のために所収和歌に通し番号を付して巻末に初句索引を添えた。和歌史・美術史研究のための参看資料として、あるいは講読や学習のためのテキストブックとして利用頂ければ幸いである。

注

(1) 大伏春美『女房三十六人歌合の研究』新典社研究叢書109（一九九七・一〇 新典社）に『鳴の羽搔』を含め、他の関連書について言及している。最近の大伏「『新女房三十六人歌合』・『新女三十六人歌合』について」（『香川大学国文研究』第28号 二〇〇三・九）一九―二六頁を参照。この種の書の資料性については、早く井上宗雄『中世歌壇史の研究 南北朝期』（一九六五・一一 明治書院 一九八七・五 改訂新版）が注意している。同書八三六頁参照。

(2) 中山陽子「名数考―国語史上の問題点―」（『緑岡詞林』第一四号 一九九〇・三）参照。

(3)『鳴の羽搔』の数少ない文献の一つである片野絵美子「『鳴羽搔』の研究―定家十二月花鳥倭歌について―」（『日本文学ノート』第二五号 一九九〇・一）ですでに言及されている。

(4) 二書とも和刻本あり。前者は『和刻本類書集成』第二輯（一九七六・一一 汲古書院）に、後者は同第四輯（一九七七・三 同上）にそれぞれ影印化されている。

(5)『節用集二種』天理図書館善本叢書 和書之部 第二十一巻（一九七四・一 天理大学出版部 発売 八木書店）による。

(6) 注（5）に同じ。同影印五〇頁。

(7) 静嘉堂文庫蔵本（五二一・三）マイクロフィルムによる。刊記は次のとおり。

繪本深見艸　画人　月岡丹下
明和元年甲申　件秋發行
大阪書肆　心斎橋南ヘ四丁目　吉文字屋市兵衛
江戸書肆　日本橋通三丁目　同　次郎兵衛

『国書総目録』に注するように「絵本深見草の改題本」と見られる。ただし『絵本深見草』三巻三冊自体は、明和元年（一七六四）以前の宝暦十一年（一七六一）の序を掲げて同年刊。刊記に

繪本深見艸　画人　月岡丹下
宝暦十一年辛巳春正月發行

とある。内容は「烈女」「梶原妻」「文学秀女」「貞女部」「哥学智子」以下で、『名数和歌選』とは別書。国立国会図書館蔵二本（り・二八、わ・一五九・四八）による。

(8)『絵本源氏物語』宝暦元年刊　『絵本竜田山』同三年刊　『絵本和歌園』同五年刊　『絵本諸礼訓』同一一年刊
『絵本婚礼手引草』明和六年刊　『絵本京教訓草』同六年刊　『絵本千歳春』同九年刊
などがある。なお浜田啓介「吉文字屋本の作者に関する研究」（『国語国文』三六―一一　一九六七・一一）参照。

(9) ちなみに本書の最末「歌僊の部」の標目に「女哥僊」「新續哥仙」の二つを掲げながら、収録しているのは後者のみであるのは不審であるが、これは注（7）に挙げた『絵本深見草』をはじめとする女性を特に意識した他の吉文字屋の編著書との連繋という事情がかかわっていたかもしれない。

(10) マイクロフィルムによる。

(11) 橋本不美男・井上宗雄・福田秀一校注「先代御便覧目録」（『和歌文学研究』第一三号　一九六二・四）四六―五一頁、特に注3を参照。

(12) 日下幸男『近世古今伝授史の研究　地下篇』新典社研究叢書116（一九九八・一〇　新典社）「五　狭山の文人―北条氏朝年譜―」特に七〇八―七一〇頁参照。

(13) 日下幸男、右掲書、七四三―七四五頁参照。

(14) 日下幸男前掲書、上野洋三『元禄和歌史の基礎構築』（二〇〇三・一〇 岩波書店）第2章参照。

(15) 福井久蔵『大日本歌書綜覧』上巻、一一八頁（復刻版一九七四・五 国書刊行会による。初版大正五（一九二六）・八）。

(16) なお『鴫の羽搔』所載「八景和歌」の絵の享受の問題については、本解題「三」で触れた堀川貴司『瀟湘八景—詩歌と絵画に見る日本化の様相』を参照。

(17) 内藤虎次郎『日本文化史研究』（増補第八版一九四六・一〇 弘文堂書房）所収「日本風景観」（初出昭和二（一九二七）・七）。『内藤湖南全集』第九巻（一九六九・四 筑摩書房）収録による。

(18) 佐竹昭広他校注『万葉集 四』新日本古典文学大系4（二〇〇三・一〇 岩波書店）による。

(19) 新古今集古注集成の会（代表 片山亨）編『新古今集古注集成 中世古注篇 1』（一九九七・二 笠間書院）一九頁。

(20) 塚本邦雄『非在の鴫』（一九七七・二 人文書院）、ことに「いかなる鴫」（初出一九七五・六）二七—四〇頁参照。

付記 不鮮明箇所（頁数-歌番号、当該本文）

104-355 残るらん
104-356 何とかく
185-503 （注記）咲たる所
185-503 なかめまし
196-514 春よりもまさきの雪の
211-586 春日のゝへの

た　行

さ　行

作 者 索 引

人名を音読の五十音順に並べ、歌番号を示した。本文に官名だけが記されている時は和歌の作者名も記し、どちらからも検索できるようにした。女房の主家をつけない形も記した。またカラ見出し（見よ項目）をつけた所もある。「源氏八景」の407・408・409・410は掲出していない。

『鳴の羽搔』所収和歌初句索引

表記はすべて歴史的仮名遣いに統一して配列して歌番号を記し、初句が同じ場合は第二句を掲げた。歌句の明らかな誤りは（　）内に正しいものを記すなどした。助動詞「む」は本文同様「ん」と表記した。初句の異文も掲出した。

影印本シリーズ
影印本 鴫(しぎ)の羽(はね)掻(かき)
平成17年12月20日 初版発行
編 者 川平ひとし
大伏春美
発行者 松本輝茂
印刷所 恵友印刷㈱
製本所 ㈱岡嶋製本工業
検印省略・不許複製
発行所 株式会社 新典社
東京都千代田区神田神保町一−四四−一一
営業部＝〇三（三二三三）八〇五一番
編集部＝〇三（三二三三）八〇五二番
ＦＡＸ＝〇三（三二三三）八〇五三番
振 替 〇〇一七〇−〇−二六九三二番
郵便番号一〇一−〇〇五一番

©Hitoshi Kawahira／Harumi Ōbushi 2005

ISBN4-7879-0431−0 C3392
http://y7.net/sinten E-Mail:sinten@mbp.sphere.ne.jp

影印本シリーズ

（税込総額表示）

仮名変体集	伊地知鉄男	三六八円
実用変体がな	かな研究会	六三〇円
画引き かな解読字典	かな研究会	六三〇円
画引き くずし字解読字典	くずし字研究会	八四〇円
万葉拾穂抄 ―14・20―	北村 季吟	一三六五円
万葉集略解抄	川上 富吉	一六八〇円
万葉新採百首解	鈴木 淳 吉村 誠	一九三七円
竹取物語	片桐 洋一	一〇五〇円
土左日記	萩谷 朴	八四〇円
伊勢物語	片桐 洋一	一一五五円
和泉式部物語	鈴木 一雄 伊藤 博	一〇五〇円

更級日記	犬養 廉	一三六五円
方丈記	山岸 徳平	八四〇円
金槐集	片野 達郎	一二六〇円
定家歌論集	田中 裕	一〇五〇円
百人一首	有吉 保 犬養 廉 橋本不美男	七八八円
百人一首大成	有吉 保	二〇三九円
連歌作品集	廣木 一人	一三六五円
柿衛本素龍筆 おくのほそ道	岡田利兵衛	一〇五〇円
元禄版 猿蓑 ―『猿蓑箋註』翻刻付―	雲英 末雄 佐藤 勝明	一九三七円
曽根崎心中 ―加賀掾直伝―	森 修	七八八円
心中重井筒・今宮の心中	景山 正隆	一三六五円
めいどの飛脚 ―付・けいせい恋飛脚・翻刻―	景山 正隆	一二六〇円
鴫の羽掻	川平ひとし 大伏 春美	二一〇〇円